백억짜리 대화

백억짜리 대화

오상훈 지음

GREAT ANSWERS

프로방스

百億
백억

백억의 두 가지 의미

1. 일억의 백배
2. 완성을 이루어 편안함

B : 폴, 우리 책 써보면 어떨까?

P : 책? 어떤 책?

B : 자영업을 기업으로 만드는 이야기.

P : 자영업을 기업으로 만든다? 사업을 키우는 이야기인가?

B : 어. 사업 이야기인데, 그중에서도 자영업이 기업으로 넘어갈 때 필요한 걸 갖고 얘기해 보는 거야.

P : 자영업이 기업으로 넘어갈 때 필요한 거라. 주제를 왜 굳이 그렇게 잡은 거야?

B : 로버트 키요사키 알아?

P : 어, 부자 아빠 가난한 아빠 책 쓴 사람이잖아.

B : 맞아. 거기서 사분면 얘기를 하거든.

P : 그렇지. 자영업자, 기업가, 근로자, 투자자 이렇게 나눠서 설명했지.

B : 어. 거기서 강조하는 게 자영업자로 머무르지 말고 기업가가 되어라, 이거였어.

P : 기업가, 투자자가 되어야 한다고 했잖아. 그래야 경제적 자유를 얻을 수 있다고.

B : 맞아. 근데 책에서 자영업자가 기업가가 되는 방법에 대해서는 구체적으로 나와 있지 않아.

P : 그랬던 것 같기도 하네. 그 개념들에 대한 설명은 있었는데, 방법은 없었던 것 같아.

B : 우린 그 이야기를 구체적으로 풀어보는 거지.

P : 그래? 구체적으로 풀 만한 내용이 있나? 사업 아이템 잘 선택하고 열심히 하면 되는 거 아냐?

B : 있어. 로버트 키요사키가 구체적으로 언급하지 않은 내용이 있어.

P : 오, 궁금한데? 좋아. 주제는 자영업자가 기업을 만드는 이야기이고, 컨셉은?

B : 쉽게 쓰면 좋겠어. 테크니컬한 내용이 담길 것 같은데 용어가 지루하게 들릴 수도 있거든. 폴이랑 나랑 대화하는 걸 풀어내는 거야.

P : 우리가 대화하는 걸 쓴다? 하긴, 길게 설명된 문장보다 대화체가 읽기는 쉽지. 테크니컬하다는 건 어떤 의미지?

B : '주식' 관련 내용이 많이 나올 거야. 주식이 처음 만들어지

고, 주식의 가치를 키우면서 사업하는 방법. 자영업에서 기업으로 넘어간다는 건 개인사업자가 법인사업자가 된다는 거야.

P : 오케이. 법인은 주식으로 구성된 회사니까. 주식 이야기가 나온다 그거네? 그리고 주식을 활용해서 자영업을 기업으로 만드는 거고?

B : 그렇지.

P : 주식을 어떻게 활용한다는 거지?

B : 이야기가 길어. 지금 여기서 다 설명할 수는 없고, 하나씩 풀어보자. 그리고 하나 더!

P : 뭐?

B : 책 제목은 〈백억짜리 대화〉야.

P : 〈백억짜리 대화〉?

B : 어, 〈백억짜리 대화〉. 우리 둘이 나누는 대화가 '백억짜리 대화'이고, 앞으로 독자와 나누는 대화가 '백억짜리 대화'가 될 거야.

P : 왜 백억이지? 50억은 안 되나?

B : 일종의 상징성이라 할까? '사업적 성공'을 정의해 버리는 거지. 다 성공의 기준이 다르잖아. 우린 '백억'을 성공의 기준으로 잡아. 그리고 그 목표를 향해 달리고, 목표에 도달하면 끝을 내

고.

P : 자영업자가 기업을 만들면 백억 자산을 훌쩍 넘기잖아. 하지만 자영업에만 머무르면 백억에 도달하지 못하고. 그런 의미도 있겠네.

B : 바로 그거야. 그리고 우리가 책에서 하는 대화는 주식을 활용해서 기업의 가치를 올리는 방법이야. 거기서 멈춰. 기업 가치를 올리는 방법을 알면 그걸 사업에 적용해야 하잖아. 그럼 거기서부터 시작인 거지. 근데 우리 글은 거기서 멈춘다고. 그러니 우린 독자와 다음 대화를 이어나가야 해. 주식을 활용하는 방법을 자기 걸로 만들고, 목표를 이뤄내는 과정에 지속적으로 대화가 필요한 거지. 그래서 〈백억짜리 대화〉인 거야.

P : 책에서 소개한 방법론을 접하고 끝내는 게 아니라, 대화를 통해 사업을 만들어가는 과정 역시 중요하다는 거구나?

B : 목표에 도달하는 과정이 백이면 백 다 다를 거니까. 활용할 수 있는 부분은 활용하고, 자기만의 길에서 지식을 활용해야 해. 책은 최소한의 지식을 제공하고, 무한한 가능성은 독자 스스로 대화를 통해 창조하는 거.

3장 투자유치와 퀀텀점프

4장 백억짜리 대화

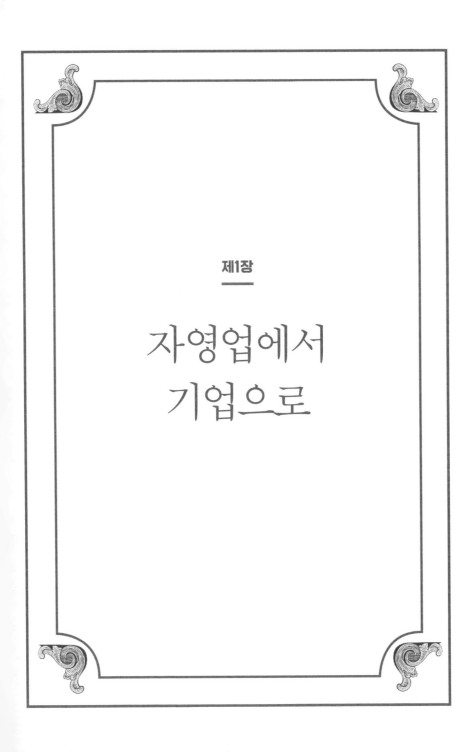

제1장

자영업에서
기업으로

새로운 공식

B : 폴, 질문 하나 할게. 10억 벌고 싶어, 백억(百億) 벌고 싶어?

P : 그걸 질문이라고 해? 당연히 백억이지.

B : 정말, 백억 벌고 싶어?

P : 그럼. 백억이라, 엄청나게 큰돈인데? 벌 수 있다면 벌고 싶지. 경제적 자유 이상인데?

B : 그 이상이지. 난 우리가 백억을 벌 수 있을 거라고 봐.

P : 어떻게?

B : 백억을 버는 방법이 있어. 최근 백억 혹은 그 이상을 버는 사람 중 다수가 이 방법을 썼거든.

P : 무슨 방법?

B : 스타트업[1] 으로 성공하는 거야.

---

1   스타트업 (Start-up)은 혁신적 기술이나 사업 모델로 빠르게 성장하는 회사를 뜻해요. 젊은 창업가들로 구성된 테크 기반의 회사를 상징하는 단어입니다. 최근에는 조금 더 광범위하게 창업한 지 얼마 안 된 회사를 지칭할 때도 쓰이고요.

P : 창업?

B : 어, 창업.

P : 창업이라 하지 왜 스타트업이라 해?

B : 정확히는 창업이 아닌 것 같아. 달라. 스타트업은 '정신'이야.

P : 정신이라. 왠지 대화가 산으로 가는 것 같지 않아? 좀 친절하게 설명해봐.

B : 미안. 창업이라고 하면 우리가 흔히 알고 있는 다양하고도 광범위한 의미의 창업이야. 그리고 최근에는 '창업'이라는 단어에서 희망이 느껴지지 않아. 반면 '스타트업'은 사람들이 아직 잘 모르는 것 같아. 희소하면서도 새로운 희망을 지닌 영역인 듯한 느낌이랄까?

P : 설립한 지 얼마 안 된 테크 기반 회사를 스타트업이라 하는 거 아닌가?

B : 그것도 맞는데, 내 생각엔 '혁신 모델로 투자유치를 통해 고속성장하는 회사'에 더 가까운 것 같아.

P : 투자유치를 통해 고속성장하는 회사라. 괜찮은 정의 같은데? 근데 거기 기회가 있다고? 백억을 벌 기회가?

B : 어. 최근에 신흥 부자들이 스타트업을 통해서 나오잖아. 젊은 부자들.

P : 그렇지.

B : 내가 하고 싶은 얘기는 이거야. 스타트업이 성장하는 데는 공식 같은 게 있어. 그 공식을 쓰면 백억을 벌 수 있어. 10억 말고, 백억.

P : 공식? 스타트업 성공 공식?

B : 어. 공식.

P : 공식이라. 그 공식이 일반화되어 있는 건 아니군?

B : 누구나 접근할 수 있고, 누구나 활용 가능한 공식이야. 그리고 스타트업 외에서도 사용되고 있고. 베일에 싸여 있던 게 스타트업이 하나둘 성공하면서 드러나고 있어. 이쪽 업계에 들어와서 놀란 게 하나 있는데, 모두가 활용 가능한 이 공식을 왜 활용하지 않고 있을까 하는 거야. 정말 소수만이 이 공식을 쓰면서 사업을 하거든. 그 공식을 도입한 스타트업들 중에 성공하는 회사들이 생겨나고.

P : 누구나 쓸 수 있는 공식인데, 생각 외로 활용을 안 하고 있다?

B : 맞아.

P : 우리가 심도 있게 얘기할 주제가 바로 그 공식이겠네. 그리고 그 공식이 자영업에서 기업으로 넘어가는 핵심이고. 아, 그리고

자영업에서 만들어내는 성과를 10억, 스타트업으로 만들어내는
성과를 백억으로 정의한 건가?

B : 그렇다고 볼 수 있지.

P : 스타트업은 전부 그 공식을 사용하면서 사업하나?

B : 전부는 아닌 듯. '모든 스타트업이 쓰는 건 아니지만, 성공한
모든 스타트업은 사용한 공식'.

P : 근데 그 공식은 스타트업을 위한 거 아닌가? 자영업자도 그
공식을 활용할 수 있나?

B : 굳이 스타트업으로 정의하지 않은 기업에서도 활용하니까.
기업가로 성장하고자 하는 의지가 있는 자영업자라면 가능하지.

P : 의지가 없으면 안 되고?

B : 당연한 거. 그리고 자영업자에게도 성공 의지는 다 있어. 자
영업을 한다고 대충 사업하는 건 아니잖아.

P : 그건 그렇지. 다 잘 먹고 잘살기 위해 사업하는 거니까.

B : 그럼. 근데, 자영업이라는 거. 자영업으로 먹고산다는 거. 자
영업에 도입됐던 공식이 이제는 안 맞는 것 같아.

P : 어렵지. 수수료 많이 떼이고, 직원 안 구해지고. 원가도 많이
높아졌고.

B : 우리도 가맹점 운영해 봐서 알잖아. 온종일 주방에서 요리하

고 배달기사 부르고 재료 준비하고. 하루는 매장 끝 편에 서서 머릿속으로 대략적인 운영비용을 계산해 봤어. 현재와 같은 매출 오름세를 갖고 갈 경우 운영비용은 어느 정도 될 것이며, 영업이익은 얼마나 남을까.

P : 결론은?

B : 매출 규모를 엄청나게 키우지 않는 이상, 자는 시간 빼고 일한다 쳐도, 한 사람, 혹은 한 가족이 먹고살 정도의 돈밖에 안돼. 월 2백에서 3백이 남는다고. 문제는 근무 시간이지. 정말 자는 시간 빼고 모든 시간 일했을 때 그 정도야.

P : 암담하네. 몸은 또 얼마나 고되었던가. 다들 며칠 일하면 뻗었잖아.

B : 어. 음식점만 그런 건 아닐 거야. 다른 업종이라고 다를 게 없을 듯. 그래서 말이야, 이제 공식을 바꿔야 한다 이거야.

P : 최근 신흥 부자들을 만들어내는 스타트업의 성공 공식을, 자영업에 도입한다?

B : 그렇지.

P : 그게 될까? 스타트업은 테크 기반이고, 자영업은 업종이 다양한데, 성장성도 낮고. 최대 매출 규모도 얼마 안 되고.

B : 말이 스타트업이지, 스타트업도 초반에는 아이디어밖에 없 *19*

어. 어차피 시작점은 비슷하다고. 문제는 비전과 목표야. 스타트업은 비전과 목표가 크기 때문에 큰 결과를 만드는 거고, 자영업은 먹고사는 걸 해결한다는 목표 때문에 결과가 작은 거고. 문제는 지금 시대에는 그 작은 결과 내기도 어렵다는 거지.

P : 좋아. 자영업에서 기업으로 넘어가야 하는데, 넘어가는 공식이 스타트업에 있다, 이거지?

B : 스타트업이라기보다는 스타트업에서 쓰는 공식이지. 그 공식은 다른 사업에도 적용 가능하고. 그 공식에 포함되는 변수 하나는 '주식회사'야.

P : 주식회사? 주식회사로 많이들 회사 운영하는 거 아닌가? 그리고 주식회사는 돈을 많이 벌어야 만들 수 있는 거 아냐?

B : 매출이 없어도 주식회사를 만드는 건 문제 없어. 핵심은 주식회사에 담을 비전이지. 그건 꼭 필요해. 그리고 주식회사로 운영하는 중소기업, 중견기업 중에 주식회사의 진정한 힘을 활용하지는 못하는 경우가 많아.

P : 주식회사의 진정한 힘이라. 궁금한데?

B : 주식회사를 설립하고, 주식의 가치를 끌어올려서 사업에서 유리한 고지를 점령하는 거.

20 P : 주식의 가치를 끌어올린다?

B : 어. 주식의 가치를 올려야 해. 미래의 결과를 현재 가치로 당겨오는 거야. 그게 성공한 모든 스타트업이 썼던 공식이거든.

주식회사에 Key가 있다?

P : 자영업에서 기업으로 넘어가는 게, 단순히 주식회사로 사업을 운영한다고 되는 건 아닌 것 같은데?

B : 주식회사를 만들어 둔다고 되는 건 아니지. 주식의 힘을 활용하지 못하면 주식회사는 껍데기에 불과하니까. 보통 세금을 덜 내려고 법인(주식회사)으로 운영하잖아. 그건 자영업이 기업으로 가는 목적의 주식회사는 아닌 듯.

P : 주식의 힘을 활용한다는 건 어떤 의미지?

B : 주식이 살아서 꿈틀대는 거. 주식이 숨을 쉬고, 심장박동이 뛰는 거.

P : 뭔 말이래? 주식이 살아 꿈틀댄다?

B : 죽어 있는 주식도 있고, 살아 있는 주식도 있어. 주식의 힘을 활용하기 위해서는 주식이 생명력을 지녀야지. 생생하게 살아 있을 때 '힘'이라는 게 존재할 수 있잖아. 죽은 것에는 힘이 없지.

P : 그렇지. 그럼 주식에 생명을 불어넣는 방법은 뭐지? 어떻게 주식이 힘을 쓸 수 있게 하지?

B : '거래'가 이루어지면 돼. 그리고 창업자는 그 거래에 책임을 지면 되고.

P : 주식을 거래한다. 주식을 사고판다는 거네?

B : 어. 주식을 사고파는 거야. 거기서 끝나면 안 되고, 창업자가 사고파는 과정과 결과에 책임을 다해야 해. 그러면, 주식은 호흡을 시작하지.

P : 오케이. 사고판다는 거래의 개념은 알겠어. 근데 창업자가 책임을 다한다, 그건 회사를 잘 운영하라는 의미인가? 회사의 주식을 산 사람이 돈을 벌 수 있게 회사를 잘 운영하라는?

B : 일부 그 개념이 포함되겠네. 더 광범위한 이야기가 있는데, 일부로서는 그 이야기도 맞아.

P : 뭔가 이야기가 심오해질 것 같은데? 흥미로워. 주식에 힘을 부여한다, 주식에 생명력을 부여한다는 식의 표현은 들어본 적 없는 것 같아서 말이야.

B : 그렇지. 우린 자영업이 기업으로 성장하는 구체적인 이야기를 다룰 거야. 단순히 돈을 버는 수단으로의 사업체가 아니라, 주식이라는 에너지원을 이용해 생명이 꿈틀대는 조직으로 사업체를 해석하면서.

P : 굿굿. 정리 한 번 해볼게. 자영업에서 기업으로 넘어가는 Key

는 주식회사에 있다. 근데 단순히 주식회사만 만든다고 되는 게 아니라, 그 주식회사를 구성하는 주식에 생명력이 부여되어야 한다. 그 방법은 '주식의 거래'와 '창업가의 책임'에 있다. 맞지?

B : 완벽해! 굿굿!

주식의 거래

B : 주식의 거래가 어떤 개념인지 알겠어?

P : 주식을 사고파는 거라고 했잖아.

B : 맞아. 주식은 누가 사고팔지?

P : 투자자들이 사고팔지.

B : 그렇지. 주식은 투자자들이 사고팔아. 근데, 그렇게만 알고 있으면 자영업을 기업으로 만들 수 없어. 여전히 하나의 관점에 갇혀 있는 느낌이야. 우린 주식을 창조하고 깨우는 사업가의 관점에서 주식을 활용해야 해.

P : 그래? 하나의 관점에 갇혀 있다?

B : 어. 조금 전 폴이 얘기했던 '주식을 사고판다는 개념'은 증권사 HTS[2]나 MTS[3]를 통해 거래하는 거잖아. 그게 일반적으로 알

---

2   [경제] Home Trading System: 투자자가 증권 회사의 객장에 나가지 않고 컴퓨터를 이용하여 인터넷으로 주식 매매 주문을 하는 시스템.

3   Mobile Trading System: 주식 거래를 할 수 있는 증권사 앱

고 있는 '주식의 거래'이고.

P : 그렇지. 투자자들이 증권사 앱으로 주식을 사고팔면 주가가 만들어지고, 그 주가가 일종의 심장박동 아닌가? 심장박동이 뛰면 생명력이 생기는 거고.

B : 맞아. 근데 관점을 바꿔야 해. 다른 측면에서 주식을 봐야 해. 주식을 사고파는 주체가 달라. 우리가 지금까지 알고 있는 주식을 사고판다는 개념으로는 '자영업을 기업으로' 만들 수 없어. 기존의 정의 안에서 사고파는 주식은 이미 기업화된 기업들의 주식이니까. 단순히 투자자들이 사고파는 주식을 의미하는 거야.

P : 그럼 어떻게 해야 하지? 사업가의 관점에서 주식을 활용하라?

B : 어. 주식회사가 개인에게 주식을 팔아야 하고, 주식회사가 다른 주식회사에 주식을 팔아야 하고, 주식회사가 투자회사에 주식을 팔아야 해.

P : 투자자와 투자자가 거래하는 게 아니라, 주식회사와 투자자가 거래하는 개념이네?

B : 그렇지. 주식회사가 다양한 투자자 혹은 투자회사에 주식을 팔아야 해.

P : 단순히 우리가 알고 있는 주식 거래의 개념이 아니라, 회사

를 운영하는 측면에서 회사의 주식을 다양한 부류의 투자자들에게 팔 수 있어야 한다. 그러니까 거래라는 건 주식회사가 투자자에게 파는 쪽에 가까운 거군?

B : 그렇게 볼 수 있지. 투자자 간 주식회사의 주식을 거래하는 것, 주식회사가 발행한 주식을 다양한 부류의 투자자들이 매입하는 것, 우리가 만든 주식회사가 다른 주식회사의 주식을 사들이는 것. 자영업에서 기업으로 넘어가는 주식의 거래란 이렇게 광범위한 주체들이 다양한 형태로 거래하는 걸 의미해. 창업가는 이런 주식의 거래가 이루어지도록 만들어야 하고.

P : 보통 주식회사가 직접 발행 하는 주식을 개인이 매입하는 경우는 흔하지 않잖아. 개인 투자자의 처지에서는 증권사 앱을 통해 주식 거래를 하는 게 제일 익숙하고. 다른 형태의 주식 거래에는 진입장벽이 있는 듯해.

B : 상장시장처럼 열려 있는 시장은 아니지. 폐쇄적이야. 그래서 주식회사도 주식을 활용하기 어렵고, 개인 투자자도 접근하기 어렵고. 근데, 자영업에서 기업으로 넘어가는 Key는 이 폐쇄적인 시장을 어떻게 잘 이용하느냐에 달린 거지.

P : '비상장주식 투자'라고 해도 좋을까?

B : 어. 우리가 흔히 접하는 주식 투자는 코스닥, 코스피를 통해

증권사 앱으로 거래하는 상장주식 투자이고, 우리가 지금 얘기하는 폐쇄적인 시장의 주식 거래는 비상장주식 투자 쪽에 속해.

P : 비상장주식 정보는 흔하지 않지.

B : 얘기하다 보니 창업가의 책임과도 연결되는데? 폴이 비상장주식 정보가 흔하지 않다고 했잖아.

P : 그게 어떻게 창업가의 책임과 연결되지?

B : 비상장주식 정보를 가진 사람이 창업가이니까. 그 정보를 투자자에게 얼마나 잘 제공하느냐가 중요한 거지. 그 역할만 잘하면 돼. 그럼 자영업이 기업으로 넘어갈 수 있는 확률이 꿈틀대는 것이지.

P : 오. 그게 그렇게 연결되는 거였군.

B : 창업가가 주식회사의 정보를 잘 전달한다고 치자. 기존 주주들과 투자에 관심 있는 투자자들에게 말이야. 그럼 이미 거래한 주식 혹은 앞으로 거래할 주식에 점점 생명력이 생겨. 누군가가 사고 싶은 주식이 되고, 필요할 때 팔 수 있는 주식이 되는 거. 그 역할만 잘하면 자영업이 기업으로 성장할 수 있어.

P : 오케이. 첫째, 주식회사를 설립한다. 둘째, 주식을 거래한다. 셋째, 창업가가 주식의 거래를 책임진다. 이때 창업가가 주식의 거래를 책임지는 방식이 바로 '정보 전달'이군.

B : 바로 그거야. 정리 좋은데?

P : 굿굿. 정보 전달만 있지는 않을 것 같은데? 창업가가 지니는 책임이 광범위하잖아. 매출, 팀원, 고객 전부 챙겨야지.

B : 광범위한 영역을 책임져야 하지. 근데 그걸 다 언급할 필요는 없는 듯해. '백억짜리 대화'에서는 창업 시장에서 꼭 필요하지만 활용되고 있지 않은 지식에 집중해 보자. 그리고 주식에 집중하면, 어떻게 보면 다른 부분을 같이 챙길 수 있게 돼. 다른 부분들의 성과를 집약하는 게 주식이거든.

P : 다른 부분의 성과들을 집약하는 게 주식이다? 그건 무슨 의미지?

B : 모든 성과는 주식의 가치가 증명하니까. 매출이 오르면 주식 가치가 오르고, 인재가 회사에 들어오면 주식의 가치가 오르고, 고객이 브랜드를 사랑하면 주식의 가치가 오르잖아. 이 부분은 이야기를 풀어나가면서 자연스럽게 이해가 될 듯.

P : 좋아. 모든 성과는 결국 주식의 가치로 귀결된다는 거군.

B : 그렇게 표현하니까 딱 와 닿는다. "모든 성과는 주식의 가치로 귀결된다."

투자자 관점에서의 주식 : 사업가가 제안하는 주식을 매입하는 주체. 투자자 간 거래 대상으로서의 주식.

사업가 관점에서의 주식 : 주식을 창조하고, 주식을 발행하는 주체. 투자자에게 매입을 제안하거나 성장 가능성이 있는 회사의 자산을 사들이는 개념으로서의 주식.

우리는 흔히 투자자 관점에서 주식을 바라봅니다. 주식을 처음 접하는 방식에 익숙해져서 그래요. 주식은 '증권사 앱을 통해 사고파는 것'이라고 압니다. 하지만 자영업을 기업으로 만들고자 하는 사업가는 주식을 사업가의 관점에서 인식해야 합니다. 주식을 창조하고 주식에 생명을 불어넣는 주체로서 주식을 대하는 것입니다.

주식을 활용하면
자영업이 어떻게 기업이 되는 건데?

P : 주식을 활용하면 자영업이 기업으로 성장할 수 있다는 건 알 겠어. 근데 그게 어떻게 만들어지는 거지?

B : 간단하게는 상승한 주식 가치 때문이지. 자영업으로 있을 때 그 사업체의 가치가 1억이었다면, 기업이 되면 가치가 1,000억 이 되니까. 서서히 성장하는 과정에 사업체의 가치가 커지는 거 야. 자영업을 운영할 때는 1억 자산을 가진 개념이고, 기업을 운 영하면 1,000억 자산을 가진 개념.

P : 그건 알겠어. 내가 묻는 건 그게 아니고, 좀 더 정확히 질문 하면 어떤 과정에서 그렇게 만들어지냐는 말이야. 주식의 가격 이 생기고, 상승하는 원리랄까?

B : 아하! 질문 이해했어. 1억이 어떻게 1,000억이 되는지를 설 명해야겠네. 어떤 과정으로 말이야. 그 얘기 맞지?

P : 어. 어떤 과정을 거치면 1억이 1,000억이 되냐, 이게 질문.

B : 일단 주식회사를 만들어. 자본금 혹은 종잣돈을 갖고 18개

월 동안 사업을 해. 18개월이 되는 시점에 투자를 받아. 그럼 투자를 받으면서 기업 가치가 커져. 그리고 그 투자금을 갖고 18개월 동안 매출을 키워. 18개월이 되는 시점에 또 투자를 받아. 이걸 네다섯 번 반복 해. 그럼 기업은 1,000억 가치로 커지게 돼.

P : 잠깐. 여기서 1억, 18개월, 1,000억 이런 숫자들은 고정된 게 아니지? 변동될 수 있는 거지?

B : 맞아. 개념을 이해하기 쉽게 특정 숫자로 예를 들었어. 18개월보다 더 짧은 주기로 투자를 받아서 매출을 키울 수도 있고, 1,000억이 넘을 수도 있지. 물론 그것보다 적을 수도 있고.

P : 근데 왜 18개월이야?

B : 아까도 얘기했지만 딱 정해진 건 아니고. 투자를 받아서 회사를 키우는 경우 1년에서 1년 6개월 안에 신규 투자유치를 해. 1년에서 1년 6개월 정도면 회사가 받은 투자금으로 성장을 했는지 지표가 나오거든. 그 지표를 바탕으로 추가로 투자를 받아서 더 키우는 거야. 자금조달 주기라고 할까?

P : 그러니까 투자를 받고 그 투자금을 1년에서 18개월 동안 쓰면 성장 지표가 나오니까, 그걸 보고 투자를 또 받을 수 있다, 그 거네? 투자금을 사용하고, 지표를 올리는 기간이 18개월이라는 거군?

B : 맞아. 18개월을 주기로 반복해서 투자를 받고, 반복해서 투자를 받는 과정에 기업의 주식 가치가 상승하게 돼. 그럼 1,000억에 도달하는 거지.

P : 매출이 오르지 못하면 추가 투자를 받을 수 없고, 그럼 주식 가치가 오르지 않잖아. 그럼 1,000억 가치에 도달하지 못하는 거 아냐?

B : 물론이지. 반드시 매출 또는 매출을 대신할 수 있는 성장 지표를 만들어내야 해.

P : 정리해볼게. 성장 지표가 만들어진다는 가정하에 기업은 18개월 주기로 투자를 반복하여 받으면서 기업 가치를 올린다. 매출 규모 및 기업 가치가 커지니, 그걸 우리는 기업이라 부르는 거다. 맞나?

B : 어.

P : 아, 어떤 의미인지 알겠다. 시장의 니즈가 있는 사업을 하고, 열심히 사업하고 이런 건 기본적으로 갖춰야 하는 거고, 그런 부분은 당연한 거라고 알고 있으니까. 그런 당연한 건 빼고 기술적인 부분을 얘기하는 거구나? 사업가들이 활용하고 있지 못 한 부분?

B : 어. 자기계발서나 동기부여를 하는 책에 나오는 내용, 기업의

성공 사례나 재무분석 같은 종류도 있으니까. 그런 건 생략하고, 지금까지 다루지 않았던 '주식회사를 활용한 기업 가치 상승 방법'을 구체적으로 파고들어 가자고.

P : 자영업이 기업이 되는 과정에 필요한 내용이 여럿 있겠지만, '주식회사를 활용한 기업 가치 상승'에 집중한다. 좋아.

Tip

사업을 키우는 다른 관점을 가져봐요.

1. 좋은 사업에 투자하는 게 아니라, 투자를 받아서 좋은 사업으로 만든다.

2. 돈을 벌고 있는 사업이라 투자받는 게 아니라, 돈을 벌 사업이라 투자받는 것이다.

3. 회사가 미래에 만들어낼 가치를 현재로 가져와서 투자를 받는다.

기업의 가치가 무엇을 의미하지?

P : 우리가 얘기하는 기업 가치가 뭘 의미하는 거지?

B : 기업 가치는 기업의 가격이야. 예를 들어 기업 가치가 1,000억이면, 1,000억을 주면 그 기업을 다 살 수 있어. 기업 가치가 10억이면, 10억에 그 회사를 사는 거.

P : 시가총액이라고 해도 되나?

B : 그렇지. 기업 가치는 시가총액이야. 줄여서 시총이라 하잖아. 기업 가치가 1,000억이다, 그럼 시총도 1,000억인 거야. 상장주식을 보면 시가총액이 나와 있잖아. 그게 기업 가치야.

P : 오케이. 이해했어. 그게 그 말이었군.

B : 어. 앞으로 기업 가치라고 하면 시총이라 보면 돼. 그리고 기업 가치는 주식의 가격 곱하기 발행된 주식 수야.

P : 잠시, 예를 들어볼게. 숫자가 나오면 계산을 해 봐야 이해가 잘 되어서 말이야. 주식의 가격이 10,000원, 발행된 주식 수가 100주라고 하면, 기업 가치는 백만 원. 맞나?

B : 맞아.

P : '발행된 주식 수'는 어떤 의미지? 왜 그냥 주식 수라고 안 하고 발행된 주식 수라고 표현하는 거야?

B : 이미 발행된 주식 수가 있고, 앞으로 발행할 주식 수가 있어. 앞으로 발행할 주식 수는 지금 없는 것이기 때문에 기업 가치에 포함되면 안 되잖아. 그래서 그걸 구분하기 위해 발행된 주식 수라고 얘기한 거야.

P : 그런 게 있었군. 발행된 주식을 주주들이 갖고 있는 거지?

B : 어. 회사의 대표, 회사에 투자한 주주들이 발행된 주식을 갖고 있지. 그리고 주식을 새로 발행하게 되면, 새로운 투자자들이 들어올 수 있는 거고.

P : 아까 얘기한 18개월 주기로 회사가 투자를 받을 때, 그때 새로운 주식을 발행해서 투자자들이 투자하는 것이고. 그럼 투자를 받은 후에는 그때 발행한 새로운 주식은 이미 발행한 주식이 되어 있는 거네?

B : 그렇지. 회사는 주식을 발행하고, 투자자는 발행한 주식을 사. 회사가 주식을 반복해서 발행하면서 기업 가치를 키우는 거고.

P : 그럼 발행할 때마다 주식의 가격도 올라가는 건가? 회사가 사업을 잘하고 있다고 가정하면 말이야.

B : 그렇지. 그렇게 되는 거야. 주식의 가격이 올라가. 그러면서 기업의 가치가 커지는 거야. 1억짜리 자영업이 1,000억짜리 기업이 되는 과정이야.

P : 어떤 개념인지 이제 감이 조금 오네. 자영업자가 기업가가 된다. 단순한 구멍가게를 운영하는 게 아니라, 거대한 기업을 운영한다. 뭔가 가슴에서 뜨거운 게 올라오는데? 나도 주식회사를 만들 수 있는 거지?

B : 어. 폴도 주식회사를 만들 수 있어. 1,000억 혹은 그 이상의 기업 가치를 지닌 기업을 만들 수 있어. 누구나 주식회사를 만들 수 있으니까. 남녀노소, 누구나 주식회사를 만들 수 있어. 빈자이건 부자이건 관계없어. 주식회사를 갖고 있고, 그 주식회사에 투자자를 담을 수 있으면 돼.

개념 설명

기업 가치 = 주식 가격 * 발행 주식 수

주식회사는 주식을 발행할 수 있어요. 주식을 발행한다는 건 없는 걸 있도록 만들어낸다는 의미에요. 예를 들어 지금 회사의 주식 숫자가 1만 주인데, 1천 주를 새로 발행할 수 있다는 거죠. 그럼 최종적으로 주

37

식 수는 1만 1천 주가 되어요. 사업이 성장성만 확보한다면 기업은 주식을 거의 무한에 가까울 정도로 발행하여 자금을 조달할 수 있어요.

자영업에서 기업으로, 퀀텀 점프

B : 폴, 자영업을 기업으로 만드는 데 있어서, 이 개념은 꼭 알아 둬야 함!

P : 어떤 개념?

B : 퀀텀 점프.

P : 퀀텀 점프? 점프라는 말이 들어간 것 보니 큰 폭으로 성장한 다는 것 같은데?

B : 맞아. 퀀텀 점프는 원래 양자 물리학에서 쓰는 용어야. 낮은 에너지 준위에 있는 양자가 높은 에너지 준위로 계단을 오르듯 차원을 이동하는 걸 뜻해.

P : 그게 스타트업이나 사업에서 쓰이면 회사의 매출이 큰 폭으로 성장하는 걸 의미하겠네. 퀀텀 점프.

B : 그렇지!

P : 근데 왜 이 개념을 꼭! 알아둬야 한다는 거야? 강조한 이유가 있을 것 같은데.

B : 단어가 임팩트 있잖아. '퀀텀 점프'라는 단어를 머릿속에 꽂 *39*

아두면, 자영업을 기업으로 만들어야 한다는 임무를 잊지 않을 수 있지. 그리고 계단식으로 성장한다는 걸 인지해야 해. 사업에 투입하는 시간에 비례해서 사업이 성장하지 않는다는 거.

P : 오케이. 두 번째 이유 공감되네. 사업하는 관점에서 투자하는 만큼 성과가 나와주면 좋은데, 정말 그렇게는 안 움직이더란 말이지.

B : 축적된 시간과 에너지가 필요해. 그 축적된 시간과 에너지가 임계점을 넘으면, 한 번 크게 점프하는 거. 서너 번 점프하면, 자영업은 기업이 되어 있겠지.

P : 퀀텀 점프. 축적된 시간과 에너지로 임계점을 넘는다. 굿굿!

왜 주식회사를 활용하지 않는 거야?

P : 왜 사업가들이 주식회사를 활용하지 않는 거지? 1,000억 기업을 만들 수 있는데 말이야.

B : 방법을 몰라.

P : 방법을 모른다. 정말 그런 거야? 그렇게 복잡해 보이지 않는데?

B : 몰라. 주식에 가치를 부여하는 것부터 투자를 받는 방법까지. 정말 그렇게 해도 되는 건지 스스로 의문을 품거든.

P : 하긴, 나도 어렴풋이 알고만 있었지, 18개월 주기로 투자를 받는 거며, 발행된 주식, 발행할 주식 이런 개념들은 몰랐으니까. 돈을 잘 벌면 기업이 되겠거니 하는 정도?

B : 다들 그렇게 어렴풋이 알아. 그래서 사업을 열심히 하면 기업으로 성장한다고 생각하지. 하지만 주식을 모르면 기업으로 회사를 키울 수 없어. 그냥 돈을 잘 버는 개인사업자 정도는 될 수 있겠지. 결코, 기업으로는 못 넘어가.

P : 돈을 잘 버는 개인사업자도 나쁘지 않은데?

B : 그럴까? 난 아니라고 봐.

P : 왜?

B : 기업이란 건 시스템으로 만들어진 거고, 개인사업자는 개인의 역량으로 만들어진 거라 보거든. 그게 부자 아빠 가난한 아빠에서 로버트 키요사키가 강조하는 거잖아. 내가 일에 포함되어야 돈을 버는 건 개인사업자다. 내가 일을 잘해야 돈을 더 많이 버는 건 개인사업자다. 내가 일을 더 많이 해야 돈을 더 많이 버는 건 개인사업자다. 내 전문 역량을 갖고 돈을 버는 건 개인사업자다. 근데 이런 식으로 돈을 버는 건 궁극적으로 바람직하지 않다. 이렇게 얘기하잖아.

P : 얽매여 있어야 하기 때문에. 맞지?

B : 어. 개인이 무너지면 사업도 무너지니까. 예를 들어 건강이 나빠졌다고 쳐. 그럼 사업도 무너지는 거야. 그게 개인사업의 특징이지.

P : 근데, 주식회사는 안 그렇다? 주식회사는 개인 대표가 건강의 문제가 있어도 안 무너진다?

B : 어. 그렇게 되어도 안 무너지는 시스템을 갖추고 있으니까.

P : 좋아. 이야기가 딴 데로 흘렀네. 주식회사를 활용하지 않는 건 방법을 몰라서 그렇다. 맞지?

B : 어. 방법을 몰라서 그래. 어느 정도의 투자를 받아야 하는지, 투자를 받을 때 주식의 가격은 어떻게 정해야 하는지. 그런 걸 모르거든.

P : 그렇지. 그런 건 그런데 재무 담당이나 회계법인에서 해 주는 거 아닌가?

B : 리더가 알아야 해. 그래야 주식이 가진 힘을 활용할 수 있지. 일을 맡겨서 주식 가격만 뽑는다고 되는 게 아니거든. 작동 원리를 이해해야 해. 근데 그 작동 원리를 아는 사람이 많이 없어.

P : 작동 원리라. 그 작동 원리도 우리 대화에서 배울 수 있는 건가?

B : 그렇다고 할 수도 있고, 아니라고 할 수도 있고.

P : 아닌 건 왜?

B : 이게 이론적으로 안다고 되는 게 아닌 것 같아. 공식으로 외우고 있다고 되는 게 아니야. 그래서 이야기를 듣거나 배워서는 원리를 깨우칠 수 없고.

P : 일종의 철학 같은 건가? 철학은 배울 수 없잖아. 스스로 깨우쳐야 하는 거고.

B : 그렇게 비유하니 딱 맞네. 철학도 철학적 이론만 갖고 있다고 되는 게 아니니까. 주식의 작동 원리도 이론적으로 알아서는 소

43

용이 없어. 써먹어야 해. 단순히 알고 있고 외우기만 해서는 진정한 의미가 있기 어려워.

P : 그럼 작동 원리를 알기 위해서는 탐구하고 실험해 봐야겠네?

B : 써먹어 보고, 탐구해야지. 그 과정에 원리를 깨우치게 될 거.

P : 결국 사업을 해야 한다는 거잖아. 개인사업자가 아니고 주식회사로 말이야. 그리고 주식을 발행해서 투자를 받아야 한다는 거고.

B : 그렇지. 실전에 들어가야지.

P : 투자를 받아야 한다고 하니 왠지 부담스러운데? 빚을 지는 거잖아.

B : 좋은 포인트를 하나 얘기했네. 폴이 얘기한 게 창업가가 자신의 역량을 초월하도록 만드는 장치야.

P : 창업가가 자신의 역량을 초월하도록 만드는 장치?

B : 어. 자영업이 기업이 된다는 건, 애벌레가 나비가 되는 것과 같아. 그냥 변화하고 성장하는 수준으로 되는 게 아니야. 변화가 아니라 변태(變態)의 수준이 되어야 해. 그건 혼자 힘으로는 못하거든.

P : 그렇겠네. 일단 법인을 만든다는 것부터 시작해서, 투자를 받는다는 것도 비중을 두고 생각해본 적이 없어. 근데 막상 그걸

44

하려니 주저하게 되고. 이런 마음부터 스스로 깨트려야 할 것 같은데, 벌써 막히는데, 이걸 정말 자영업자들이 할 수 있을까?

B : 너무 많은 걸 한 번에 하려 하지 말자고. 시도하고 생각을 하나 바꾸고, 거기서부터 시작이야. 하나를 시작하면 새로운 다음을 맞이하게 되잖아. 그걸 피하지 않고 정복하면 돼. 자영업자가 가진 열정 정도면 변태(變態)를 이뤄내는 건 충분히 가능한 얘기야.

P : 두렵기도 하고 기대되기도 하네. 뭔가 희망에 찬 느낌. 새로운 곳으로 가는 도전 정신이 느껴져. 애벌레가 나비가 된다. 문제는 그럼에도 혼자 하기는 어렵지 않나 생각된다는 거거든. 투자를 받으면 책임이 커지는데, 그런 걸 맨땅에 헤딩해도 되는 건가 해서.

B : 그렇게 느낄 수 있어. 그러니 백억짜리 대화를 활용해야지. 우리는 이 대화를 통해 두려움을 간접 경험할 거야. 그리고 사례들을 시뮬레이션하고, 성공의 가능성을 높이는 거지.

P : 백억짜리 대화를 그냥 읽고 실천하는 것으로 만든 게 아니구나? 밥의 얘기를 들어보니 우리 대화를 독자들이 읽고 마는 게 아니라, 독자들이 백억짜리 대화에 참여하는 형태 같은데? 난 지금 참여하고 있는 거고.

45

B : 물든다고 하잖아. 우선 폴과 나는 백억짜리 대화를 통해 서로가 서로에게 물들 거야. 그렇게 자연스럽게 이쪽 지식에 익숙해지는 거지. 억지로 배우는 게 아니라, 대화를 나누는 과정에 자연스레 이해하게 되는 과정.

P : 굿! 특히 실전에 들어가야 하니까. 실전에 들어가서 부딪히는 부분들을 갖고 대화를 나눌 수도 있는 거고.

B : 어. 배움 따로, 실전 따로, 이건 아닌 것 같아. 백억이란 목표를 정해두고, 실제 필드에서 막히는 부분을 두고 대화를 이어가는 거지. 목표를 달성할 때까지, 백억짜리 대화는 이어지는 거야.

P : 뜬금없는 질문일 수 있는데, 백억짜리 대화는 어떻게 만들어진 거지?

B : 좋은 질문인데? 유대인 1:1 토론인 '하브루타'에 기반해. 거기서 몇 가지 스킬을 가지고 왔다고 할 수 있지.

P : 역시, 그냥 짠하고 나온 게 아니었네.

B : 그러고 보니 스타트업 영역으로 들어온 것도 하브루타 덕이네. 유대인 토론을 연구하면서 실리콘벨리의 창업 마피아에 대해 알게 됐거든.

P : 창업 마피아?

B : 실리콘벨리의 창업 네트워크인데, 우리가 알만한 회사 중 다

수가 유대인이 창업한 회사야. 유대인들끼리 서로 밀어주고 당겨주고 하면서 사업을 만들고 키우는 거지.

P : 아, 맞다! 기사에서 본 적 있어. 유대인 창업 마피아. 페이팔, 트위터, 페이스북, 구글 같은 글로벌 스타트 업들로 이루어진 네트워크라고!

B : 어. 그런 끈끈한 네트워크를 만들어내는 것 또한 그들의 소통, 토론 문화에 있지 않을까 생각해.

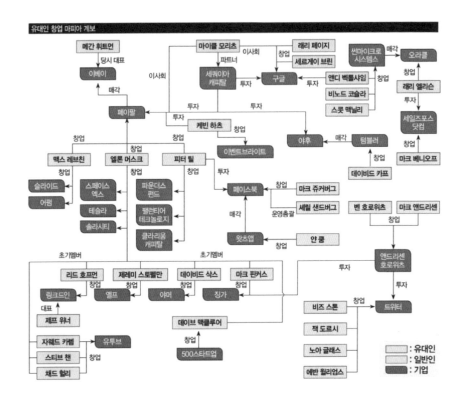

출처 : 홍익희 교수의 유대인 창업 마피아 '무섭도록 치밀한 그들만의 단결력'
https://www.joongang.co.kr/article/17195816#home

개인사업자, 법인사업자, 스톡옵션

B : 자영업자를 개인사업자, 주식회사를 법인사업자로 종종 표현할 때가 있을 거야. 참고해.

P : 오케이. 하긴 주식회사라는 단어보다는 법인사업자, 법인이라는 단어를 더 많이 쓰긴 하지.

B : 그러니까.

P : 보통 개인사업자가 법인전환을 하는 목적이 세금이잖아. 주식의 가치보다는.

B : 그렇지. 그리고 증여, 상속 목적으로도 법인사업자를 활용해. 그쪽을 컨설팅하는 것도 있더라고.

P : 밥도 그런 쪽을 알아?

B : 난 그런 쪽은 몰라. 상속, 증여 목적에서 법인을 활용하는 경우는 주식 가치를 낮춰야 하잖아. 주식 가치를 낮춘 상태에서 상속 및 증여를 해야 유리하니까. 난 주식 가치를 키우는 것에 관심 있고.

P : 그렇겠네. 목적이 다르니 주식 활용 방안도 달라지는구나. 주 *49*

식의 가치를 낮춰야 하는 경우, 높여야 하는 경우. 우린 높여서 많이 벌고, 세금 많이 내자고.

B : 좋지.

P : 아까 시스템 얘기가 나와서 말인데, 기업은 시스템 위에 세워지는 거라 했잖아. 시스템이라는 게 어떤 걸 의미하는 거야?

B : 글쎄. 시스템이란 건 우리가 흔히 인식하는 체계라고 보면 될 것 같고. 그 체계 때문에 창업가에게 자유로움이 더 부여된다고나 할까? 개인사업자는 일에 얽매여야 하지만, 파운더는 은퇴해도 되고.

P : 파운더? 용어 정의부터 하고 가야겠는데?

B : 여기선 창업가를 파운더[4]라는 용어로 바꿔 쓰고 싶은데, 기업을 운영하는 주체가 결국 전문 경영인이 될 거니까. 파운더는 무에서 유를 창조하는 사람이고, 전문 경영인은 세워진 회사를 더 크게 만드는 역할, 혹은 사업을 잘 유지하는 역할을 하는 사람이야. 회사가 일정 규모 이상 크면 파운더 중에는 회사 운영에 흥미를 잃는 사람도 있고, 역량이 부족한 사람도 있어. 파운더는 무에서 유를 창조하는 데 흥미를 가진 사람이니까. 성향이 달라.

---

4   Founder. 회사의 설립자

P : 아하. 그러니까 그 역할 때문에 파운더라는 용어를 쓴 거구나. 회사를 설립하고 키우는 사람은 파운더이고, 파운더의 역할을 다하면 전문 경영인에게 회사를 운영하게 하는 거. 전문 경영인이 말 그대로 전문성을 더 갖고 있으니까.

B : 어. 파운더는 또 다른 회사 창업하러 갈지도 모르고.

P : 그렇게 해도 회사가 굴러가니까, 그렇게 하는 거겠지? 자본력이 커서 그런가?

B : 그렇지. 개인사업자는 그렇게 하기 어렵지. 파운더가 활용하는 시스템이란 건 파운더가 개입을 줄여도 회사가 굴러가는 거야.

P : 구체적으로 개인사업자와 어떤 차이를 갖는 거지?

B : 우선 폴이 얘기했듯 자본력이 다르지. 개인사업자가 전문 경영인을 고용하기는 어려워. 단순히 급여의 문제가 아니라, 역량 있는 전문 경영인은 스톡옵션을 원하거든. 개인사업자는 스톡옵션을 줄 수 없지. 주식이 없으니까.

P : 스톡옵션. 맞아. 스톡옵션으로 받는 금액이 엄청나던데?

B : 스톡옵션을 받는 시점부터 회사의 주식 가치가 커진다고 보면 되니까. 폴이 전문 경영인이라면 어딜 택하겠어?

P : 당연히 스톡옵션 받는 곳이지.

B : 그렇지. 스톡옵션도 주식이잖아. 결국, 파운더는 주식을 잘 활용하면 기업을 만들 수 있어. 그리고 전문 경영인이 이사회와 기업의 각 조직과 유기적으로 일을 수행하게 되고, 파운더는 이 사회에 소속되어 있으면 되고. 회사가 잘되면 주식 가치는 계속 커지고. 일에 얽매이지 않아도 회사가 돌아가지.

P : 그리고 기업은 주인들이 많잖아. 파운더만 주인이 아니라 주식을 어느 정도 보유하고 있는 사람들이 같이 주인이니까, 그들이 기업의 방향성을 견제하는 역할도 할 수 있을 거고.

B : 맞아. 주주, 인재, 임직원, 파트너사, 고객 등이 조화를 이루며 기업을 존속하게 하고, 성장하게 할 수 있어. 얼마나 좋아? 얽매여 있을 필요도 없고, 기업은 굴러가고. 보유하고 있는 주식이 많으니, 먹고살 돈은 다 벌었고.

P : 그렇네. 단순히 돈을 많이 벌어서 좋은 게 아니라, 그런 시스템 속에 기업이 경영되니 개인사업자보다 안정적으로 운영할 수 있을 것 같기도 해.

B : 욕심만 버리면 돼. 혼자 사업, 주식을 다 쥐고 사업하려 하지 말고, 투자한 주주들, 임직원들과 함께 회사를 키우고 성과를 나눈다고 생각하면 기업으로 갈 수 있는 거지. 그럼 기업으로 성장한 후에는 보유한 주식을 갖고 경영에 참여하고, 자유도를 갖고

삶을 살 수 있으니까. 원하면 다른 사업을 또 창업해도 되고.

P : 죽어 있는 주식이면 스톡옵션으로서의 가치도 없겠네. 그런 주식을 누가 갖고 싶겠어? 밥의 말대로 주식이 살아서 꿈틀대야 그걸 갖고 싶겠지. 창업가가 주식을 잘 활용해야 하는 이유 중 하나가 '인재 채용'이군!

B : 말 나온 김에 스톡옵션에 관해서 조금만 더 알고 가자.

P : 오케이. 스톡옵션이 어떤 건지 아는데, 어떻게 쓸 수 있는지는 모르거든. 그 부분 알려줘.

B : 우선 스톡옵션은 주식매수선택권이라고 얘기하기도 해. 임직원에게 주식이 분배되어야 하기 때문에 주주총회를 통해 주주에게 알려야 하고, 회사의 정관에 주식매수선택권에 관한 내용이 들어가 있어야 하고.

P : 스톡옵션을 제공하기 위한 법적 요건이 되겠네? 프로세스라 해도 좋겠고.

B : 그렇지. 창업자가 팀원에게 스톡옵션을 주고 싶다고 해서 계약서 하나 쓰고 끝나는 게 아니라는 거지. 회사가 직원에게 스톡옵션을 부여하는 일자가 있고, 직원이 스톡옵션을 행사하는 일자가 있어. 기본적으로 2년을 근무해야 해. 3개월 업무에 이바지했다고 해서 스톡옵션을 줄 수 있는 게 아니야.

53

P : 좋아. 그리고 '행사가'라는 것도 있지 않나? 직원이 주식을 시세랑 같은 가격에 매입하게 되면 스톡옵션으로 가치가 떨어지잖아. 그러니 더 유리하게 매입할 수 있는 가격이 따로 있는 것으로 알아.

B : 그렇지. 시세보다 낮게 매입할 수 있는 게 장점이니까. 액면가 이상의 금액을 정해서 행사가로 하면 돼. 그리고 스톡옵션을 행사하게 되면 직원은 행사가에 스톡옵션을 사는 거야. 그럼 주식을 받을 수 있는 거고, 주식을 받는다고 해서 바로 팔 수 있는 건 아닐 수 있으니까, 그런 부분도 받는 사람이 확인해야 하고. 예를 들어 비상장주식으로 있을 때 스톡옵션을 행사하면 주식을 받게 되는데, 그 주식을 바로 사 갈 사람이 없을 수도 있다는 얘기야.

P : 그럼 회사가 상장한 후에 팔 수 있나?

B : 상장 후에 팔거나, 개인 투자자에게 직접 팔거나, 투자회사에서 '구주'를 매입하는 형태로 주식 매각이 가능해. 주주가 보유한 주식을 '구주'라고 하거든. 투자 회사에서 구주를 사는 때도 있어.

P : 오케이. 굿굿! 역시나 핵심은 누구나 갖고 싶어 하는 주식이어야 하는 거군. 그래야 거래가 될 거니까.

B : 맞아. 갖고 싶은 주식으로 만드는 건 리더의 역할이고. 누구나 그 주식을 갖고 싶게 되면, 주식 가치가 커지면서 회사의 가치도 커지고.

안테나와 카카오엔터테인먼트

B : 사업에 주식을 활용한 사례를 하나 소개해 볼게.

P : 좋아.

B : '안테나'는 유희열이 운영했던 엔터테인먼트 회사야.

P : 어, 알고 있어. 거기 유재석이 들어갔잖아.

B : 어. 유재석이 안테나로 소속사를 옮기고 얼마 안 지나서 카카오엔터가 안테나 지분을 전부 인수했어. 139억이었다고 해.

P : 그럼 기업 가치가 139억이라는 건가?

B : 그렇지. 기업 가치가 139억이야. 유희열은 139억짜리 회사를 만든 거고, 139억에 안테나를 카카오엔터로 매각한 거지.

P : 그럼 유희열이 139억을 번 거야?

B : 139억까지는 아니고, 매각 후 양도세 내고 대부분의 현금으로 카카오엔터 주식을 다시 샀어. 그게 70억 정도 되니까, 아마 다른 주주들도 좀 있었을지 몰라.

P : 70억도 어마어마한 돈인데.

B : 그럼. 큰돈이지. 유희열은 그 돈으로 카카오엔터의 증자에 참

여한 거.

P : 증자?

B : 어. 회사가 주식을 발행하는 거야. 그걸 유상증자[5]라고 해.
아까 얘기했잖아. 회사는 새로운 주식을 발행하면서 투자금을
모아. 거기 유희열이 참여한 거지. 70억.

P : 오케이. 유희열은 안테나는 팔았지만 카카오엔터 주주가 된
거네? 그럼 엔터 사업을 카카오에서 같이 한다고 봐도 되는 건
가?

B : 그렇지. 회사를 운영하는 게 쉬운 건 아니잖아. 뜻이 맞는 회
사가 있으면 이런 형태로 사업을 해도 돼. 유희열은 자기가 잘하
는 거에 집중하고, 경영은 전문 경영인이 신경 쓰고. 카카오엔터
는 자본력이 좋은 기업이니까 아마 다양한 투자를 통해 재밌는
사업 많이 할 거야.

P : 굉장한 딜(Deal)인데? 아! 그러고 보니 딜(Deal)이 '거래'라는
의미구나! 안테나와 카카오엔터는 주식을 거래한 거고.

B : 그렇지. 주식은 만들어 놓는다고 작동하지 않아. 그 주식이

---

5 회사가 운영자금을 확보하기 위해 주식을 발행하는 것. 회사는 주식을 발행하
고, 투자자는 주식을 매입하면서 회사에 투자금을 입금함.

작동할 수 있게 생명력을 부여해 줘야 해. 그럼 사업을 키우는 데 큰 도움이 되는 효자가 될 거야. 카카오엔터는 주식에 생명력을 불어넣을 수 있는 역량을 가진 회사이고, 유희열도 마찬가지이고. 카카오엔터는 2021년 10월 25일에 유상증자 공시를 했고, 총 35명으로부터 약 1,400억을 투자받기로 했어.

P : 유재석도 증자에 참여했나?

B : 공시에 유재석 이름이 없는걸로 봐서 소액으로 투자하지 않았을까 추측하더라고.

P : 아까 스톡옵션 얘기도 했잖아. 유희열도 스톡옵션을 받을 수 있는 거야?

B : 어. 스톡옵션 얘기도 기사에 나왔어.

P : 역시, 이런 게 주식회사를 운영하기 때문에 가능하다는 거군?

B : 어. 카카오엔터는 공식적으로 유희열의 회사 안테나를 인수할 수 있고, 안테나는 공식적으로 카카오엔터에 주식을 바탕으로 회사를 매각할 수 있는 거지. 좋은 딜 (Deal)이었다고 봐. 서로 잘하는 걸 맡고, 힘을 합쳐 세력을 키우는 거.

개념 설명

유상증자 : 회사가 운영자금을 확보하기 위해 주식을 발행하는 것. 회사는 주식을 발행하고, 투자자는 주식을 매입하면서 회사에 투자금을 입금해요.

증자의 개념이 중요해서 다시 한번 설명할게요. 주식을 발행한다는 건 없던 주식을 만들어낸다는 개념이에요. 지금 회사 주식이 100주 있는데, 10주를 새로 발행할 수 있는 거죠. 그럼 발행 후 주식은 110주가 되어요. 이때 새로 발행한 10주를 투자자가 사고, 투자자는 주식을 가지는 대가로 돈을 회사로 입금해요. 그 돈으로 사업을 확장하거나, 연구 개발을 하거나, 회사에 필요한 곳에 써요. 회사는 10주를 발행한 후 또 10주를 발행할 수 있어요. 발행하면서 투자를 또 받게 되고요. 그렇게 계속 반복해서 주식을 발행할 수 있어요. 진정 무에서 유를 만들어내는 창조적 활동이 '증자'인 거죠.

네덜란드 동인도주식회사

B : 네덜란드 동인도주식회사도 얘기해 보자.

P : 동인도주식회사 알지. 세계 최초의 주식회사 맞지?

B : 맞아. 국가가 주도해서 주식회사를 만들었어. 최초의 주식회사이지.

P : 엄청난 혁신이라고 할 수 있잖아? 주식회사가 처음 만들어진 거니. 역사적 사건이야.

B : 그렇지, 역사적 사건이지. 단순히 주식회사라는 개념뿐 아니라, 그 이면과 방식을 들여다보면 주식에 생명력을 불어넣는다는 게 어떤 의미인지 알 수 있어.

P : 어떤 이면과 방식이 있었지?

B : 특징적인 것 하나인데, 집안일을 하는 '하인'도 동인도주식회사에 투자했다는 기록이 있거든.

P : 그게 가능했나?

B : 가능했나 봐. 당시 계급사회였는데도 불구하고 하인도 투자할 수 있었지. 굉장히 많은 사람이 투자에 참여했어. 투자 형태

를 보면 증권형 크라우드 펀딩이 그때 처음 나온 거야.

P : 다수가 소액투자하는 게 크라우드 펀딩이잖아.

B : 어. 주식회사라는 게 만들어지면서 크라우드 펀딩이 생긴 거.

P : 크라우드 펀딩은 최근에 생긴 개념인 줄 알았는데?

B : 원래 시작은 크라우드 펀딩인데, 시간이 지나면서 개인이 주식회사를 만들다 보니 리스크가 커지면서 크라우드 펀딩[6]이 사라졌던 것 같아. 최근에 다시 투자 모델로 주목을 받고 있지. 아마 크라우드 펀딩을 통한 투자 규모가 지속해서 커지지 않을까 생각해. 1900년대 초 한국에도 크라우드 펀딩의 사례가 있어.

P : 오, 한국에도?

B : 어. 경성방직이라는 회사야.

P : 경성방직, 어디서 들어본 이름인데?

B : 지금 상장사 중에 '경방'이 경성방직이야.

P : 꽤 오래된 회사인 것 같은데?

---

6 회사가 다수의 투자자를 대상으로 자금을 모집하는 형태. 펀딩포유, 와디즈, 크라우디와 같이 공식적으로 인허가를 받은 크라우드 펀딩 회사의 온라인 플랫폼에 회사의 정보가 올라가고, 투자자는 플랫폼을 통해 투자할 수 있다. 다수에게 펀딩 정보가 오픈되기 때문에 자금조달 및 홍보의 목적을 동시에 지닌 스타트업이 활용하는 투자 방식.

B : 1919년에 만들어진 회사야. 경성방직이 일종의 크라우드 펀딩을 통해 자금조달을 했지.

P : 어떻게?

B : 당시에 일본 기업에 맞서는 대한민국 기업을 만들자는 취지로 주주들을 모집했어. 1인 1주 보유 운동을 했지. 결과적으로 2만 주를 발행했고, 188명의 주주가 참여했어.

P : 경방에 그런 역사가 있었구나. 멋지네. 네덜란드 동인도주식회사는 어때? 결론적으로 성공했나?

B : 어. 그 사업 후 네덜란드가 세계의 강국으로 떠오르게 됐으니까. 재밌는 게, 그 전에도 유럽에서 무역 목적으로 배에 투자한 사례가 있었다고 해. 근데 그때는 다 채권형으로 투자를 한 거지. 배가 출항하고 돌아오면, 수익을 정산하는 형태야. 네덜란드 동인도주식회사의 경우에는 선단들을 다 통합(합병)하고 군 권력까지 부여했다고 해. 채권형이 아니라 주식형으로 사업 운영을 장기적 관점에서 안정적으로 할 수 있었고. 그런 창의적 자금조달 방식이 국가의 부를 끌어올린 거지. 지금이야 주식회사가 일반적인 형태지만, 그땐 혁신적이었겠지.

P : 동인도주식회사 이야기를 들으니까, 왠지 주식이 갖는 힘이 무엇을 의미하는지 알 수 있을 것 같아. 하인까지 투자에 참여하

고 주식을 보유할 정도면, 그걸 가능하게 한 네덜란드 정부가 대단한 거지. 국민의 힘을 끌어모았다는 거 아냐. 계급을 뛰어넘은 거고. 국가의 비전에 다들 동참한 거고.

B : 그렇지? 그러니까 주식이란 건 단순히 증권사 앱에서 사고 팔아서 차익을 남기는 게 아니야. 그걸 목적으로 할 수도 있지만, 차익을 남기는 것 이상의 의미가 담겨. 창업가, 투자자는 그런 새로운 관점으로 주식을 바라보고 대할 필요가 있어. 사실 거기에 더 큰 기회가 있고.

P : 그렇네. 우리 미션은 주식의 힘을 널리 알리는 거고. 이 대화를 통해 말이야.

B : 어. 누구나 주식회사를 만들 수 있고, 누구나 1억에서 1,000억 가치를 지닌 회사를 만들 수 있으니까. 배우고 나면 안 할 이유가 없는 거지. 사업은 어차피 하는 건데.

자영업이나 기업이나

B : 놀라운 걸 하나 알아냈어. 우리 주제와 관련된 거.

P : 뭐?

B : 우리가 대화를 통해 핵심적으로 나누고자 하는 내용이 뭐지?

P : 자영업을 기업으로 만드는 거. 자영업이 기업이 되기 위해 무엇을 해야 하나? 자영업자는 어떻게 기업가가 될 수 있는가? 이런 거.

B : 정확해. 왜 자영업을 기업으로 만들어야 하는지 얘기해 보자. 수익의 크기 말고, 다른 관점에서. 폴에게 질문할게. 자영업을 운영하는 것과 기업을 운영하는 것 중 뭐가 더 힘들까?

P : 당연히 기업을 운영하는 게 더 힘들겠지. 일도 많고, 책임도 무거우니까.

B : 내가 발견한 건 그게 아니라는 거야.

P : 아니라고? 그럼 자영업을 운영하는 게 더 힘들다는 거야?

B : 자영업을 운영하는 게 더 힘들 수도 있고, 비슷한 수준일 수

도 있고.

P : 정말 그런가?

B : 자영업을 운영하나 기업을 운영하나 힘든 건 매한가지라는 생각이 들어. 적어도 비슷하다는 거지. 기업이 더 힘들지는 않을 것 같다는 거야. 그렇다고 치면, 폴은 자영업을 하겠어, 기업을 하겠어?

P : 똑같이 힘든 거면 당연히 기업을 하지. 기업을 운영해서 만들 수 있는 성과가 훨씬 크잖아. 돈도 훨씬 많이 벌고.

B : 그렇지. 그러니까 우린 기업을 만들어야 해. 자영업에 머물러 있으면 안 되고.

P : 어차피 똑같이 힘든데, 굳이 자영업을 할 이유가 없다, 이거 아냐?

B : 어. 자영업이 경쟁도 치열하고, 몸도 고되고, 직원도 더 안 구해져. 그럴 거면 조금 배워서 기업을 만드는 게 낫지. 안 그래?

P : 조금 배워서 될까? 조금 배워서 될 정도 같으면, 누구나 기업을 하려 하겠지.

B : 앞서 얘기했잖아. 몰라서 안 써먹는 거지, 어려워서 안 써먹는 게 아니라니까. 누구나 기업을 만들 수 있어. 기억해? 뭘 하면 되는지?

P : 주식회사를 만들고, 18개월에 한 번씩 투자를 받는 거.

B : 그렇지. 그 18개월 주기가 퀀텀점프 주기가 되겠네. 그리고 창업가로서 투자에 책임을 지는 것도! 그것만 하면 돼. 그게 끝이야. 뭐 더 할 게 없다니까. 그 과정이 자영업을 운영하는 것보다 힘들지는 않다, 이게 내 지론이야.

P : 보통은 기업을 운영하는 게 훨씬 더 힘들 것으로 생각하는데, 의외인데?

B : 우리가 매장 운영해봐서 알잖아. 그때가 더 힘들었어. 힘든 건 사업의 규모와 수익의 크기에 비례하지 않는다, 이거야. 생각해봐. 창업가 관점에서 프랜차이즈 본사를 운영하는 게 힘들까, 아니면 프랜차이즈 가맹점을 운영하는 게 힘들까?

P : 오토로 돌리는 거면 가맹점이 훨씬 쉽지 않나? 프랜차이즈 본사 사장은 관리할 게 많아서 머리 아플 것 같은데?

B : 프랜차이즈 오토에 관해서라면 또 얘기할 게 많지. 과연 오토가 오토일까. 무인 매장이 트렌드를 타고 있긴 한데, 현재 기술로 운영되는 무인 매장이 과연 무인 매장일까.

P : 그래. 가맹점 두세 개 하고 퇴직금 까먹는 분들도 많더라고.

B : 프랜차이즈 본사의 고객은 가맹점이야. 가맹점의 고객은 소비자이고. 프랜차이즈 본사로서 신메뉴 개발, 신브랜드 개발, 마

케팅, 물류, 교육 등의 시스템을 잡아 두고 직원을 배치하면, 결국 리더는 모든 업무를 총괄하는 게 아니라, 기업 성장에 필요한 핵심 전략 수립 및 결정, 인재 관리 정도의 업무에 집중하면 돼. 단 시스템을 탄탄하게 잡아야겠지. 가맹점 사장은 하나부터 열까지 매장 관리를 해야 하고, 채용도 해야 하고, 직원 교육도 해야 하고, 뽑아두면 나가고, 이런 사이클을 반복한다고. 때 되면 인테리어 다시 하고 건물주랑 재계약할 때도 신경 쓰이고. 전국에 80개 가맹점을 가진 배달삼겹 프랜차이즈 대표와 그 가맹점을 운영하는 사장을 만난 적 있어. 둘 중 누가 시간적 여유가 더 많았을까?

P : 프랜차이즈 대표?

B : 어. 핵심은 사업의 규모와 노동력은 절대 비례하지 않는다는 거야. 그러니 더 힘들 거라, 더 어려울 거라 겁먹고, 큰 목표를 미리부터 버릴 필요가 없다는 거야.

P : 하긴, 사업 좀 되면, 사장들 맨날 골프 하러 가잖아.

B : 그건 골프 좋아하는 사람들 얘기고. 성실하게 자리 지키고 열심히 일하는 대표들도 많아.

P : 그렇지. 좋아! 그럼 주식회사 한 번 만들어 볼까?

B : 준비된 거야?

67

P : 그럼! 움직여야지!

Tip

자영업을 기업으로 만드는 방법

1. 주식회사를 설립한다.

2. 주식을 발행해 투자자를 모집한다.

3. 사업 소식을 투자자에게 전달한다.

4. 1년에서 1년 6개월 주기로 네다섯 차례 주식의 가치를 올리고 투자 유치한다.

5. 자영업을 기업으로 만드는 수만 가지 방법이 있을 거예요. '백억짜리 대화'에서는 그 수만 가지 방법 중 주식의 힘을 활용하는 것에 집중해요. 주식은 투자자가 매입할 때 가치가 생겨요. 기업의 가치는 활발한 사업활동을 하고, 더 많은 투자자가 주주로 들어오고, 더 많은 주식이 거래되는 과정에 올라갑니다.

어떤 사람이 자영업을 기업으로 만들어?

P : 주식회사를 만드는 건 누구나 할 수 있겠지. 근데 자영업을 기업으로 키우는 건 아무나 할 수 있는 일이 아닌 것 같은데?

B : 그렇지. 아무나 할 수 있는 일은 아니지. 단, 시도도 하지 않고 못 한다고 결론부터 내리는 건 창업가로서 바른 태도가 아니야. 쉽게 돈 벌겠다 하는 것도 그렇고.

P : 밥이 생각할 땐 어떤 사람이 자영업을 기업으로 키우는 것 같아?

B : 어떤 사람이 자영업을 기업으로 키우나. 글쎄. 아, 이렇게 표현이 되겠는데?

P : 어떻게?

B : '투자받을 수 있는 사람'

P : 투자받을 수 있는 사람이라. 돈을 잘 모으는 리더라고 해도 될까?

B : 더 넓게 해석해야 해. 투자받을 수 있는 사람은 투자를 받으려고 마음먹은 사람이면서 동시에 투자를 받아내는 사람이지. *69*

그리고 다음 투자를 또 받을 수 있는 사람.

P : 투자를 받으려고 마음먹은 사람?

B : 투자를 안 받고 싶어하는 사람도 있잖아. 부담스러우니까.

B : 아하, 그렇네. 투자를 받는다는 건 책임진다는 건데, 그 책임을 부담스러워할 것 같아. 투자를 받으려는 사람이면서 투자를 받는 사람. 어떤 의미인지 알겠어.

B : 그리고 투자를 받을 수 있는 사람이 되려면 준비가 필요해. 폴도 아무에게나 투자하지는 않잖아?

P : 그럼. 믿음이 가고, 아이템도 좋아야 하고.

B : 투자를 받을 수 있는 사람은 사람을 끌어들이는 사람이야. 사람을 끌어들이기 위한 매력과 능력, 비전을 고루 갖춰야지.

P : 매력, 능력, 비전이라. 단순히 사업적으로 좋은 아이템만 갖고 있어서 되는 게 아니구나?

B : 그렇지. '투자받을 수 있는 사람'이라는 표현 안에는 많은 게 함축되어 있어. 반대로 내가 투자자가 되어서 생각해보면 딱 알수 있지. 어떤 사람에게 투자할 수 있는지, 투자하고 싶은지.

P : 그런 의미에서 스스로 투자를 받고자 하는 의지도 있고, 사람 자체도 매력 있고 능력 있어야 하고, 아이템도 좋아야 한다는 거네? 이런 복합적인 걸 포함해야 투자받을 수 있는 사람이 되

는 거고.

B : 맞아. 투자받을 수 있는 사람은 단순히 자금을 회사로 들여서 사업을 성공시키는 사람이 아니야. 그 사람은 이미 어느 정도 신뢰를 쌓았고, 그 신뢰를 바탕으로 A에서 넘치는 자원을 B로 이동시킬 수 있는 사람이지. A에서 자원을 갖고 있는 사람들에게, "이제 B로 갑시다"라고 얘기하면, 사람들이 자원을 A에서 B로 옮기는 거야.

P : 영향력 있는 사람이네!?

B : 그렇게도 표현되네. 영향력 있는 사람. 그 영향력을 통해 부족한 곳, 저평가된 곳, 사업 기회는 있지만 건드리는 사람이 거의 없는 곳으로 자원을 이동시키고, 거기서 가치를 큰 폭으로 뽑아내는 거. 그리고 반드시 뽑은 가치를 투자자들과 나누는 사람.

P : 잘 나누는 것도 중요할 듯. 투자받아놓고 자기 혼자 다 해 먹는 사업가들도 있잖아. 잘 되고 나서 말이야.

B : 공감! 그런 사업가들도 있지. 결국 '성과에 대한 분배'에 어떤 가치관을 갖는지도 중요하겠네.

P : 굿굿! 기업으로 사업을 키우고자 한다면, 투자받을 수 있는 사람이 되어라. 이렇게 마무리가 되겠군.

B : 오, 역시 깔끔한 정리.

71

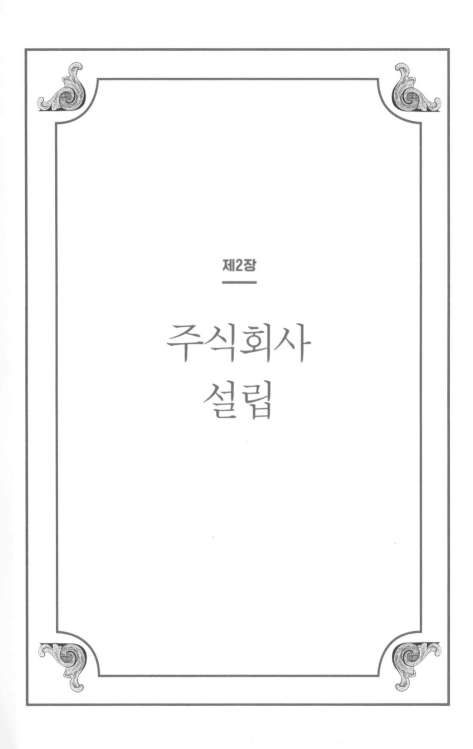

제2장

주식회사
설립

뭐부터 시작해야 하지?

P : 주식회사 만들자. 뭐부터 해야 하지?

B : 좋은데? 역시 실행력이 있어.

P : 이론만 갖고는 안 된다며. 그럼 일단 경험해 봐야지.

B : 좋은 자세야.

P : 고고!

B : 주식회사 만드는 것보다 더 중요한 게 아이템이지. 어떤 아이템으로 사업을 할지 정해야 하거든. 아이템이 좋아야 투자를 받을 수 있으니까.

P : 그렇지. 아이템이 좋아야지. 성장성도 있어야 하고. 근데 질문 하나. 꼭 투자를 받아야만 하는 거야? 투자를 안 받고 회사를 키울 순 없나?

B : 가능하지. 투자를 안 받아도 회사는 키울 수 있어. 그래도 난 투자를 받아서 회사를 키우자는 주의야.

P : 왜?

B : 첫째 투자를 받으면 책임감이 생겨. 자영업자가 기업가로 성

75

장하기 위한 동기가 되지. 둘째 투자자로부터 투자를 받으면 투자자와는 파트너 관계가 돼. 그럼 회사의 성공을 응원하는 이들이 더 많아지는 거. 그들의 힘, 지식, 지혜를 활용해 사업을 유리하게 만들 수 있고. 셋째 자기자본으로 회사를 키우는 것보다 훨씬 빠른 속도로 회사를 키울 수 있어. 회사의 기업 가치가 더 빠르게 올라가. 그게 일종의 레버리지[7]가 될 수도 있어. 미래 가치를 현재로 당겨와서 써먹는 거.

P : 듣고 보니 투자금이라는 건 단순히 사업에 필요한 자금만은 아니라는 생각이 드네. 관련해서 할 이야기가 많겠어. 투자를 왜 받으라는 건지 일단 이해됐음. 아이템 얘기로 돌아가자.

B : 어. 아이템을 구상해 보자. 어떤 사업으로 돈을 벌지 말이야. 그리고 아이템 구상하는 동안 가만히 있을 수는 없잖아. 주식회사를 만드는 데 필요한 다른 부분들을 먼저 채워 넣자고.

P : 회사 설립을 해야 하니까 주식회사 설립에 필요한 서류? 서류를 먼저 챙겨야 하나? 거기에 사업계획서도 들어가나?

B : 하나씩 해 보자고. 내 생각엔 팀 구성이 필요할 듯.

---

7 '지렛대'로 적은 힘으로 큰 효과를 내는 것을 의미. 외부의 자원을 끌어와 투자 효과를 증폭시키는 개념으로 사용.

P : 팀 구성? 함께 사업을 만들 팀을 얘기하는 건가?

B : 어.

P : 그것도 아이템처럼 준비하면 되는 거 아냐? 우선 주식회사를 설립하는 과정을 하면서 말이야.

B : 그럴 수도 있는데, 혹시 공동 설립자가 있을까 봐. 그럼 지분을 분배해야 할 수도 있거든. 공동 설립자와 사업을 설계할 때 주식의 힘이 발휘되지. 주식에 생명력이 부여되는 첫 번째 단계라고 할 수 있을 듯.

P : 주식에 생명력이 부여되는 첫 번째 단계. 공동 설립자와 지분을 분배할 때. 오, 시작하는 느낌이 나네. 공동 설립자에게 주식을 준다는 거지? 공동 설립자는 사업을 함께 만드는 팀원을 뜻하는 거고?

B : 어. 이거 하나 얘기하고 가자.

P : 뭐?

B : 우린 자원을 충분히 갖고 있지 않은 스타트업인 거야.

P : 좋아. 자원을 충분히 갖고 있지 않다는 건 돈이 없다는 건가?

B : 어. 돈도 없고 사람도 없고 아이디어도 정교함이 부족하고. 다 부족한 상태.

P : 완벽하게 갖추고 사업하는 사람이 몇이나 되겠어.

B : 그렇지. 그래서 공동 설립자의 지분 분배 이슈가 중요한 거야. 역할이 크면 그에 따른 대가가 공유되어야 하거든. 근데 스타트업은 가진 게 지분밖에 없으니 말이야.

P : 공동 설립자가 지분의 가치를 크게 느낄 수도 있겠어. 어떤 경우에는 지분의 가치를 전혀 느끼지 못할 것도 같고. 어떻게 되는 거지? 우리 처지에서는 공동 설립자가 지분의 가치를 느껴야 하잖아? 자원이 부족하다는 건 줄 수 있는 게 없다는 거니까, 지분의 가치라도 느껴야지.

B : 바로 그거야. 공동 설립자가 당장 얻는 게 없다고 하더라도 리더의 비전을 느끼고, 주식에 가치를 느끼게 되면 팀에 합류하길 원할 거야. 간혹 창업가가 자기는 돈이 없어서 팀원을 구할 수 없다고 얘기하는 때도 있어.

P : 그럴 때 지분을 통해 팀원을 구해야 한다. 맞지? 생명력이 느껴지는 주식이라면 공동 설립자도 거기에 만족하고 합류를 한다는 거. 아, 질문이 있는데. 주식은 그냥 주는 거야?

B : 아니. 회사를 만드는 시점이라면 자본금을 출자할 때 주식 수만큼 출자금을 받는 게 좋고, 회사가 만들어진 후에 합류하는 경우라면 스톡옵션을 줘야지. 대신 스톡옵션도 그냥 주는 게 아니야. 특정 가격에 주식을 살 수 있는 권한이지, 그냥 주는 게 아

니야.

P : 대부분 스톡옵션이 그냥 주는 건지 알고 있더라고.

B : 예를 들어 3,000원에 1주를 매입할 수 있다는 스톡옵션을 줘. 그럼 부여받은 주식을 1주에 3,000원을 주고 사는 개념이야. 단, 그걸 행사할 당시에 시장에서의 주가는 1만 원, 2만 원 하는 거지. 스톡옵션을 행사한다고 하거든. 받자마자 스톡옵션 행사를 할 순 없고, 2년 뒤에 팔 수 있던가 하는 계약이 걸려.

P : 예를 들어 1만 원이라고 하면, 7천 원의 차익이 생기는 거네?

B : 그렇지. 그래서 스톡옵션, 스톡옵션 하는 거고.

P : 좋아. 공동 설립자도 투자하고 사업에 참여하는 개념이네. 특히 출자하면.

B : 맞아. 대표가 가진 주식을 무상으로 양도할 수도 있거든. 그건 좋은 방법은 아냐.

P : 공짜로 주는 것에는 가치가 없다고 느끼나?

B : 그렇지. 근데 무상으로 양도하는 때가 있긴 있어. 공동 설립자 사례 말고, 다른 사례에서.

P : 어떤 경우?

B : 사업가는 빚이 많거든. 물질적으로든 뭘로 든. 과거에 투자했지만 실패한 투자자, 돈을 빌려줬지만 제대로 이자를 못 준 투자

79

자, 그냥 돈을 준 친척, 지인, 믿고 기다려준 사람들. 이들에게는 대표이사의 주식을 일부 무상으로 양도하는 것도 좋은 것 같아.

P : 과거의 빚을 청산하는 개념인가?

B : 사업가는 혼자 성장할 수 없거든. 가깝게는 가족, 부모, 친척, 친구, 그리고 개인 투자자들, 함께 성공을 꿈꾼 동료들. 성장의 과정에, 도전의 과정에 일부 희생이 따라. 물론 그걸 희생이라고 부를 거냐는 다른 문제이긴 하지만, 미숙한 시절에 투자하고 못 받은 돈은 투자자 측에서는 희생이 맞지. 사업가는 그런 주변의 희생을 발판 삼아 성장해. 그래서 성공한 사업가는 반드시 보답 해야 해.

P : 그런 사람들에게 스톡옵션을 줄 수는 없으니. 반복해서 또 투자하게 할 수도 없고. 그래서 무상으로 주식을 양도한다?

B : 어. 사업권을 줄 수도 있고 다양한 방법이 있겠지. 현금으로 갚을 수도 있고. 그래도 우린 주식을 이용해 사업을 키우는 이야 기를 하고 있잖아. 그리고 주식에 생명력을 불어넣어야 하고. 그런 면에서는 활발하게 거래되는 좋은 주식을 드리는 게 과거의 빚을 갚는 좋은 방법이 될 수 있으니까.

P : 그게 '창업가의 책임'이네.

B : 그렇지. 창업가라면 자신을 믿어준 사람을 끝까지 챙겨야지.

P : 공동 설립자와 지분 분배 정리 한번 해 볼게. 사업을 함께 만드는 공동 설립자는 자본금 출자에 참여함으로써 주식을 가지고 사업을 시작할 수 있다. 또는 스톡옵션 계약을 통해 초기 사업을 함께 만들 수 있다. 이게 핵심이지? 이때 지분 분배나 스톡옵션 계약을 해야 하기에 미리 주식에 관한 계획을 세워둬야 하는 거고.

B : 바로 그거야.

P : 근데, 월급은 어떻게 해야 하지? 공동 설립자에게도 급여가 나가야 되는 거 아닌가? 일을 하는데 말이야.

B : 회사에서 월급을 책정할 수 있으면 월급으로 나가면 되지. 대신 공동 설립자는 공동 사업자와 비슷한 개념으로 보고, 미래에 사업 성과로 가져가는 몫이 크니까, 직원과는 다르지. 그래서 사업을 함께 만든다는 창업 마인드가 있는 사람과 사업을 해야 해. 자기 역량을 이바지하고 바로 수익을 받겠다는 사람은 공동 설립자가 아니라 직원으로 채용을 해야지. 공동 설립자는 성공하면 같이 성공하고, 실패하면 같이 실패하는 사업 파트너야.

P : 정리가 되네. 급여를 주고 사람을 쓸 거면 차라리 채용을 하는 게 낫고, 사업 파트너는 사업 파트너답게 성과와 실패를 공유하는 형태로 지분 분배를 한다. 오케이!

81

주식의 힘을 활용하는 첫 번째 단계 : 공동 설립자와 지분 분배.

비슷한 방향성을 지닌 혹은 사업의 뜻을 지닌 공동 설립자가 리더의 제안을 받아들이지 않는다면, 리더십이 부족하거나 사업 아이템이 별로라는 이야기에요. 리더와 함께 만드는 사업에서, 그 사업의 소유권인 주식에 가치를 두지 않는다는 거죠. 반대로, 리더는 주식에 가치를 느끼는데, 그리고 그 가치가 객관적이라고 판단되었는데, 공동 설립자가 거래를 받아들이지 않는다면, 공동 설립자 포지션에 부적합한 사람일 수도 있어요. 공동 설립자급이 안 되는 거죠. 공동 설립자는 리더 가장 가까이서 무에서 유를 창조해야 하는 포지션이라, 사업에 비전을 느껴야만 합류하고 일을 만들어갈 수 있어요. 사업을 만들어가는 과정에 무수히 많은 어려움이 있을 건데, 그 어려움을 극복하는 건 '급여'를 준다고 되는 게 아니거든요.

공동 설립자 지분 분배

P : 지분 분배를 어떻게 해야 하지?

B : 나랑 사업을 한다고 쳐. 그리고 내가 폴의 공동 설립자야. 난 50% 정도 지분을 갖고 가고 싶은데?

P : 오케이. 그럼 둘이니까, 50 대 50 이렇게 나누면 될까?

B : 아니.

P : 그럼? 밥이 50%를 원한다며?

B : 그냥 떠본 거지. 내가 달라는 만큼 주면 폴 사업 망해. 이 사업의 주인공은 한 명이 되는 게 좋아. 내 개인적인 욕심으로는 50%를 받고 싶지만, 이 사업의 성공을 위해서 객관적으로 판단하면, 내 지분은 10%를 넘어서는 안 된다고 봐. 그러니까, 내가 50%를 갖고 있을 때보다 10%를 갖고 있을 때 이 사업의 성공 확률이 더 높아.

P : 그래? 이 사업의 성공을 위해? 밥 개인적으로는 더 많은 지분을 갖고 싶지만, 그렇게 되면 성공 확률이 떨어진다는 거야?

B : 어. 사업을 하다 보면 어려운 상황을 겪게 돼. 그때 책임지는

83

리더는 한 명이야. 공동 설립자가 있다고 해서 공동 설립자가 상황을 책임지지는 못하거든. 결국, 사업에 진심인 한 명이 책임을 지게 돼. 그래서 지분율도 한 명이 거의 다 갖고 시작해야 해.

P : 시작 단계부터 아이디어도 같이 내고, 돈도 같은 금액을 내면 동등하게 시작해야 하는 거 아닌가? 그게 공평한 것 같은데?

B : 공평한 게 사업을 성공시키지는 않거든. 설립한 지 얼마 되지 않은 회사는 실패 요소가 많아. 그때마다 자기 돈과 시간, 에너지를 투입할 수 있는 사람이 리더가 되는 게 맞고, 그 사람이 초기 창업비를 더 넣고, 더 많은 지분을 갖고 가는 게 맞아.

P : 그렇군.

B : 나중에 어려운 상황이 닥치잖아. 그럼 공동 설립자가 나갈 수도 있어. 근데 지분이란 건 한 번 분배하면 되돌리기 어렵기에 신중하게 나눠야 해.

P : 맞아. 지분은 돌려받기 어렵지. 그런 얘기를 들은 적 있어. 회사가 잘 되어도 사람 사이에 문제가 생기고, 안 되어도 사람 사이에 문제가 생긴다고.

B : 정확해! 안 되면 안 되어서 문제가 되고, 잘 되면 잘 되어서 문제가 되거든. 이거 하나만 명심해, 한 번 간 지분은 돌아오지 않는다.

P : 오케이. "한 번 간 지분은 돌아오지 않는다." 지분 계약이 꽤 신중해야겠는데?

B : 가정해보자. 나한테 50%의 지분이 있어. 사업은 잘 되고 있어. 근데 1년 뒤 내가 사정이 있어서 나가야 해. 난 내가 고생한 게 있고, 돈도 반씩 냈으니까 50%는 내가 가질 생각이야. 난 절대 이 주식을 폴에게 다시 팔거나 줄 생각이 없어. 내가 일을 한 거, 투자금을 반씩 낸 게 명확하니까.

P : 그럼 50%의 주식을 갖고 회사를 떠난다는 거네? 남은 기간 회사를 키우기 위해 밤 없이 내가 일을 해야 하고?

B : 어. 받아들일 수 있겠어?

P : 아니. 앞으로도 고생할 게 많을 건데, 50%나 되는 지분을 갖고 아무 일도 안 한다는 건 말이 안 되는 것 같아.

B : 만약 내가 끝까지 폴에게 50%를 안 준다고 하자. 그럼 폴은 사업의 주도권을 갖고 가기 위해 법인을 새로 세워야 해. 거래 계좌도 바꿔야 하고. 다른 이해관계자가 있으면 설명하고 설득해야 하고. 소송해야 하는 경우가 발생할 수도 있어. 난 잘 만들어진 사업을 빼앗기지 않으려고 하겠지. 그러니까 폴은 나에게 50%를 분배하면 안 돼. 폴이 돈을 더 내는 한이 있더라도 확실히 많이 가져야 해.

85

P : 어느 정도로 많이?

B : 정말 나를 믿고 내 역량이 뛰어나다면, 그리고 사업의 초기부터 모든 걸 같이 만들었다면, 내 지분율은 20~30% 정도 되어야 하고 폴 지분율은 70~80% 정도가 되어야 해. 많이 주면 30%를 주는 거. 폴은 70% 보유.

P : 만약 적정한 능력을 갖추고 있다고 한다면? 그리고 나의 아이디어에 밥이 동참하는 거면?

B : 그럼 난 5~10% 정도를 가져가는 게 맞아. 폴은 90~95% 정도를 보유하고. 직원이 아니라 공동 설립자라고 했을 때.

P : 오케이.

B : 아마 월급은 거의 없거나 아주 조금 받는 정도일 거야. 폴이나 나나. 스타트업이니까.

P : 그렇겠지. 근데 그래도 되나?

B : 어. 공동 설립자들은 그래도 돼. 자기를 희생하는 거야. 대신 지분을 갖는 거지. 나도 5% 정도는 갖고 있잖아. 그 5%에 대한 대가로 거의 무급 혹은 조금의 급여를 받고 일하는 거야. 그 5%가 나중에 100억이 될지, 200억이 될지 모르니까.

P : 그렇군. 만약 공동 설립자가 4명이면 어떻게 해?

86 B : 비슷해. 폴이 최대한 많은 주식을 보유해야 해.

P : 오케이. 내가 궁극적으로 책임을 질 리더라서 지분을 많이 갖고 가는 건가? 위기가 왔을 때 내가 결국 챙기게 될 거니까?

B : 그 이유가 하나고, 다른 이유가 하나 더 있어.

P : 뭔데?

B : 기업 가치를 키우기 위해 어떤 과정을 거친다고 했지?

P : 18개월마다 한 번씩 투자를 받아야 한다고.

B : 그렇지. 근데 거기 추가되어야 할 내용이 있어.

P : 어떤 건데?

B : 18개월마다 투자를 한 번씩 받는다고 쳐. 그렇게 몇 번 투자를 받잖아. 그럼 기존 주주의 주식 지분율이 줄어들어.

P : 지분율이 줄어든다? 그게 무슨 말이지?

B : 처음에 시작할 때 폴이 90% 내가 10% 갖고 있었어. 근데 투자를 세 번 받고 나니까 폴 지분율은 40% 내 지분율은 2%가 됐어. 투자를 받을수록 기존 주주들의 주식 지분율은 줄어들거든.

P : 어떻게 그렇게 되는 거지?

B : 계산은 나중에 하고 일단 얘기 먼저.

P : 어.

B : 몇 번 투자를 받는 동안 폴의 지분율이 서서히 줄어들지만, *87*

투자자는 폴이 여전히 경영에 관한 의사결정권을 보유하길 원해. 그럼 투자를 다 받고 나서도 폴 지분율이 40%, 50% 정도는 되어야 한다는 거야. 그럼 그 정도 폴의 지분율에 폴의 우호자들의 지분율까지 합하면 경영에 침해를 안 받고 바른 의사결정을 할 수 있으니까.

P : 복잡해.

B : 어. 천천히 얘기해 보자.

P : 투자를 반복해서 받으면 내 지분율이 줄어드는 거잖아?

B : 그렇지.

P : 근데 내 지분율이 너무 낮으면 사업을 제대로 이끌 수 없다는 거 아냐. 지분을 많이 가진 다른 사람이 다른 의견을 낼 수도 있으니까.

B : 바로 그거야. 만약 사업을 이해 못하고 내리는 결정이면 문제가 되지. 또는 이 사업을 다 먹으려는 목적을 가진 투자자라면, 지분을 조금씩 인수해서 자기 의사에 따라 사업을 경영할 거고.

P : 그러니까 내 지분율이 높아서 다른 지분율과 대결할 수 있어야 한다?

B : 그런 셈이지.

P : 그래서 내 지분율이 낮으면 안 된다는 거네?

B : 어. 정리해볼게. 투자를 받을수록 폴의 지분율은 떨어져. 그래서 제일 앞에 투자를 받기 전부터 폴의 지분율이 적으면 안 된다는 거야. 근데 나에게 50%를 줘버리면 벌써 폴은 50%밖에 없잖아. 투자자들은 그런 지분율을 좋아하지 않아. 폴이 경영권을 빼앗길 수 있으니까. 그래서 처음 투자를 받을 당시 폴의 지분율은 최소 70%는 되어야 해. 공동 설립자들에게 지분을 분배하더라도 말이야.

P : 이해했어. 경영권을 방어하기 위해 내 지분율이 든든하게 있어야 한다는 거네. 근데 투자를 받으면 지분율이 왜 떨어지지?

B : 그건 숫자로 계산을 해보면 바로 나와.

Tip

사업을 시작하는 시점에는 회사의 리더 한 명이 최대한 주식을 많이 가져야 해요. 절대적인 룰은 아니지만, 사업의 지분을 균등하게 가진 경우, 사업 초기부터 지분이 너무 많은 사람에게 유사한 비율로 분배된 경우, 투자자는 '균등 분배된 지분 구조'에 투자하는 것을 꺼리거든요. 투자자 관점에서 보면 사업의 '실제 주인'이 누구인지 모호하기 때문이에요.

지분 희석[8]

B : 이렇게 보자. 폴 90%, 나 10%. 이렇게 둘이 지분을 갖고 있어.

P : 좋아. 내 지분이 많으니 다행이군.

B : 그렇지. 폴 지분이 많아야 해. 진짜 마지막까지 책임지는 리더는 한 명이야. 자, 투자가 들어와. 그럼 그 투자자에게 지분이 생기겠지? 대략 10%라고 하자. 그럼 우리 지분율은 어떻게 되지?

P : 줄어드나?

B : 그렇지. 새로 들어오는 투자자가 10%를 보유해야 하잖아. 지분의 총량은 100%인데. 그럼 투자자가 10% 갖고 가고, 우리가 90% 안에 있겠지.

P : 그렇네. 내가 원래 90%, 밥이 10% 갖고 있었는데, 우리 둘이 합치니 90%가 됐네. 그럼 우리 둘이 균등하게 지분율이 줄

---

8 새로운 주식이 발행됨으로써 기존 투자자의 보유 지분율이 줄어드는 것.

어든 건가?

B : 주식 숫자로 계산해 보자.

P : 오케이.

B : 폴이 900주, 내가 100주 갖고 있어. 주식 수는 총 1,000주이고. 그럼 폴 90%, 나 10% 맞지?

P : 어.

B : 우리 회사가 증자를 해. 주식을 발행한다는 얘기야. 총 110주를 발행해. 그럼 그 주식을 투자자가 사겠지? 그럼 투자자는 110주를 갖게 돼.

P : 그렇지. 투자자는 110주를 갖겠지. 근데 왜 100주가 아니고 110주라고 한 거야?

B : 그냥, 임의대로 한 거야.

P : 좋아. 다음은?

B : 그럼 발행된 주식 수는 1,000주이고, 새로 발행하는 주식 수는 110주야. 맞지?

P : 어. 총 1,110주가 되네?

B : 어. 그럼 계산을 하는 거지. 총 1,110주 중에 폴이 가진 900주, 총 1,110주 중에 내가 가진 100주, 총 1,110주 중에 새로운 투자자가 가진 110주. 이렇게 지분율을 계산하면 돼.

P : 그럼 대략 난 81%, 밥은 9%, 투자자는 10%가 되네!

B : 그렇지. 폴이 원래 90%였는데 81%, 내가 10%였는데 9%가 됐어. 새로운 투자자는 10%를 갖게 됐고. 셋이 합치면 100%잖아.

P : 내 지분율과 밥 지분율이 낮아졌네.

B : 이걸 지분 희석이라고 해. 그래서 투자를 받으면 지분 희석이 돼. 다음 투자가 들어오면 폴의 지분율은 70%대 혹은 60%대가 되겠지?

P : 아하. 이래서 투자를 받을수록 지분율이 낮아진다고 한 거구나.

B : 어.

Tip

내 지분율 : 내가 보유한 주식 수 / 발행된 주식 수

증자 후 내 지분율 : 내가 보유한 주식 수 / (발행된 주식 수 + 발행된 신주 수)

지분 희석이 되는데 투자를 왜 받아?

P : 지분 희석이 되는데 투자를 왜 받아? 안 받고 우리가 번 돈 으로 사업하면 안 되나?

B : 폴이 질문 하나는 기가 막히게 하는 것 같아. 대단한 능력이 야.

P : 우리가 독서토론 한 시간이 얼만데. 3년 다 됐나?

B : 그렇네. 3년 다 되어 가네.

P : 시간 빠르다. 아까 질문. 투자를 받아야 하는 이유가 있나? 지분이 희석되면 좋은 건 아닌 것 같은데?

B : 우선 그렇게 보이지. 소유권이 낮아지니까. 그래서 벌어서 사 업을 차근차근 키우는 사람들도 있어. 대부분 그렇고.

P : 근데 왜 투자를 받아?

B : '액면가'와 '발행가'라는 개념을 알아야 해.

P : 액면가, 발행가?

B : 어. 액면가, 발행가. 이건 잠시 뒤에 상세히 설명하고, 이것부 터 얘기하자. 개념부터. 폴이 갖는 지분율은 떨어지지만, 폴이 갖

93

게 되는 자산의 규모가 커져.

P : 무슨 말이야? 지분율은 떨어지지만, 자산의 규모가 커진다니?

B : 우리 둘이 주식을 갖고 있을 때. 폴 90%, 나 10%였잖아. 그때 폴이 900주, 내가 100주 갖고 있었지. 1주에 1만 원이라 하자. 그럼 폴은 900만 원, 나는 100만 원어치의 주식을 갖는 거야.

P : 그렇지. 1주에 만 원. 나 900, 밥 100.

B : 근데 투자자가 110주를 살 때 1주에 5만 원이 됐어. 그럼 폴은 얼마를 갖게 되는 거지? 나는?

P : 900주에 5만 원? 1만 원이 5만 원이 된 거야?

B : 어. 계산해봐.

P : 그럼 난 4천 5백만 원, 밥은 500만 원!

B : 그거야. 투자를 받을 때 지분 희석은 되지만 주가가 오르기 때문에 폴이나 내가 가진 재산은 늘어. 폴의 주식은 900만 원에서 4천 5백만 원이 됐고, 내 주식은 100만 원에서 500만 원이 됐으니까. 행복해, 안 행복해?

P : 누가 행복하지 않다고 할 수 있지? 진심 행복하군. 근데 5만 원이 되어도 되는 거야?

B : 어.

P : 바로 이해는 안 되는데, 일단 받아들이고. 그렇게 되면 내 지분율은 81%로 떨어지지만 내 주식 숫자는 그대로 900주이고, 1주에 5만 원이 되니까, 내 주식 가치는 4천 5백만 원이 된다. 그러니까 지분 희석이 되어도 투자를 받는 편이 낫다, 이거네!!

B : 그렇지. 바로 그거야.

P : 반복해서 투자를 받는다고 했으니까, 내 지분율은 계속 떨어지고, 내 주식 가치는 계속 오르고?

B : 맞아.

P : 그럼 테슬라의 일론 머스크나, 배달의 민족 김봉진 전 대표가 이렇게 해서 조 단위의 재산을 일군 것으로 봐도 되나?

B : 어. 몇백억, 몇천억, 조 단위의 재산이 만들어지는 원리야. 어때? 할 수 있을 것 같아?

P : 아, 잘 모르겠는데. 어떤 작동 원리인지는 알겠어. 이걸 실제로 해내느냐는 또 다른 문제겠지.

B : 폴이 가진 주식의 가치가 퀀텀 점프를 한 거지. 물론, 주식 가치를 폴 마음대로 정하는 건 아냐. 나름 합리적인 가치를 계산해야 하거든. 그래야 그 주식을 투자자들이 살 거니까.

P : 아하. 그렇게 되는 거네. 거래가 이루어지기 위해서는 창업가 95

나 투자자가 합리적인 거래를 해야 하는데, 거기서 주식 가치가 매겨지는 거구나. 한쪽이 일방적으로 정하는 게 아니라.

B : 바로 그거야. 굿굿! 회사는 5만 원에 주식을 발행하고, 투자자가 그 가치가 합리적이라고 생각하고 신주로 발행한 주식을 매입하면, 투자자는 주주가 되고 거래가 종결되는 거지.

> **Tip**
>
> 새로 주식을 발행해서 투자를 받으면 기존 주주의 지분율은 줄어들지만 보유한 주식의 가치는 올라가요. 물론, 실제 회사가 만들어낼 가치에 기반해서 주식의 가치가 오르기 때문에 사업의 성장을 전제로 하고요.

액면가[9]와 발행가[10]

B : 자, 다음 시간이야. 오늘 배울 개념은 액면가와 발행가.

P : 왜 우리가 대화하는 내용을 그대로 책으로 옮기자고 했는지 이제 이해가 간다.

B : 그렇지?

P : 어. 이런 내용을 서술형으로 적게 되면 이 정도에서 벌써 책 덮었을 것 같아. 나오는 용어들이 왜 다 이 모양이야? 증자, 발행, 액면가, 발행가, 지분 희석. 너무 따분한데?

B : 인정. 내가 지루한 걸 못 참잖아. 서술형으로 쓰면 나도 쓰다가 지쳐서 덮을 거야.

P : 좋아 좋아. 액면가, 발행가 고고!

B : 엄청 쉬워. 아까 1만 원이 액면가이고, 5만 원이 발행가야.

---

9   자본금을 구성하는 주식의 가격으로 주식회사가 설립될 때의 주식 가격이며 고정된 주식의 가격

10   주식회사 설립 후 증자할 경우 투자자에게 제안하는 주식의 가격. 회사가 매출을 올리는 과정에 주식의 가격 즉, 발행가가 서서히 오름. 사업이 안 되면 발행가가 다시 떨어질 수도 있다.

끝!

P : 아하. 1만 원이 액면가, 5만 원이 발행가. 처음 주식 가격이 액면가, 나중에 투자자가 들어올 때 주식 가격이 발행가. 맞나?

B : 맞아. 이렇게도 설명해 볼게. 주식회사가 설립될 때 자본금이 만들어져. 그 자본금은 액면가 곱하기 주식 수로 이루어지고. 그러니까 액면가 1만 원, 폴이랑 내 주식 합쳐서 1,000주니까, 1만 원 곱하기 1,000주. 자본금은 얼마지?

P : 1천만 원이네.

B : 그렇지. 처음 주식회사가 만들어지고, 그때 자본금을 구성하는 주식의 가격을 액면가라고 해. 이후 회사가 성장하면 회사의 가치가 오르잖아. 돈을 점점 더 잘 버는 회사가 되니까. 그 과정에 주식의 가격을 발행가라고 하고.

P : 주식을 발행할 때의 가격이군. 그래서 발행가.

B : 맞아.

P : 회사가 성장하는 이상적인 과정에서는 발행가가 서서히 오르는 거고, 그 발행가로 투자를 받으니까 지분 희석은 되지만 기존 주주의 주식 보유 가치도 오른다. 오케이. 액면가, 발행가 이해했어.

B : 우리가 주식회사 설립 관련해서 무슨 얘기 나눴지?

P : 지분 분배. 공동 설립자와 지분 분배할 때 어떻게 해야 하는 지. 대표가 지분을 많이 갖고 주식회사 사업을 시작해야 한다는 거. 그리고 투자를 받으면 지분 희석이 되는 거. 지분율이 낮아진다는 의미지. 그렇지만 발행가가 올라가면서 기존 주주들이 보유한 주식의 가치가 올라가는 거. 그래서 투자를 받는 게 행복하다는 거. 물론, 책임이 무겁긴 하겠지만.

B : 굿굿, 완벽한 정리야!

발행가는 어떻게 정하는 거야?

P : 발행가는 어떻게 정하는 거지? 대표가 정하는 건가?

B : 스타트업의 발행가는 대표, 이사회, 투자자가 함께 정하고, 회사가 매출이 커지고, 규모가 생기면 회계법인과 함께 발행가를 정한다고 보면 돼. 물론 투자자도 함께하고.

P : 회계법인, 투자자와도 함께 정하는 거면 회사 마음대로 정하는 건 아닌 것 같은데?

B : 발행가라는 건 주식의 거래가 이루어졌을 때 의미 있는 거잖아. 회사가 발행가를 10만 원이라고 하는데, 아무도 주식을 사는 사람이 없어. 그럼 그 발행가는 무의미해지는 거야. 근데 8만 원에 발행했더니, 누군가 그 주식을 사. 그럼 8만 원에 발행가가 만들어진 거지. 누군가 8만 원의 주식 가치를 인정한다는 거니까.

P : 발행가를 정하는 기준 같은 게 있나?

B : 절대적인 기준은 없다고 보는 게 맞아. 특히 스타트업은 평가할 수 있는 재무 지표가 없으니까 대략 투자금액 대비 받을 수 있는 지분율이 적정한지 판단하고 투자가 이루어지는 식이지. 적

자 상태에서 숫자만 갖고 회사 가치를 매길 순 없잖아. 숫자 자체가 없으니. 근데, 회사가 커질수록 발행가 산정을 꼼꼼하게 하게 돼. 투자 규모가 커지니까.

P : 대략적인 가이드가 있어? 스타트업에 투자할 때 말이야.

B : 정말 대략적으로만 얘기해 볼게. 많이 단순화시킨 가치야. 참고만 해.

아이디어만 갖고 있는 스타트업은 기업 가치 10억 미만.

아이디어와 함께 아이디어를 실현할 수 있는 팀원, 조직을 갖춘 스타트업. 미완성이지만 어느 정도 개발을 해둔 상태의 스타트업은 기업 가치 20억 미만.

시장에서 베타 서비스를 제공하고 있는 상태의 스타트업, 성과가 일부 만들어지고 있고, 팀 구성이 좋은 경우의 스타트업은 기업 가치 30억 ~ 50억

고성장 KPI를 만들고 있는 경우, 팀 구성이 좋고 창업자의 경영 역량이 뛰어난 경우, 독보적 기술력을 구현하고 서비스에 도입된 경우, 엔젤 & Pre A 투자를 이미 유치한 경우의 스타트업은 100억 전후.

P : 아하. 대략 어느 정도인지 감은 오네. 절대적인 건 아니라 했지? 그럼 변수들에 따라 기업 가치가 바뀔 수 있다는 거네?

B : 어. 창업자 개인이나 창업팀의 경력이 빵빵하면 가치가 오르지. 외에도 개발 정도, 보유 자산, 업종 내 업무경력이나 네트워크, 고객 수, 매출, 영업권 등 평가할 수 있는 모든 부분이 변수가 될 수 있어.

P : 좋아. 이건 뭔가 전문적인 사람들이 하는 영역이군.

B : 회계법인 쪽으로 넘어갈 정도 되면 그렇지. 대략적인 투자금 대비 기업의 지분율을 잡고 기업 가치를 산정하는 방법, 시장에 유사한 기업의 사례를 참고하여 기업 가치를 산정하는 방법, 미래 현금흐름을 예상하는 DCF[11] 방법 등 다양해.

P : 몇 가지 모르는 용어들이 나온 것 같은데, 간단하게 해결하고 가자. KPI가 뭐야?

B : KPI는 Key Performance Indicator라고, 핵심성과지표를 의미해. 핵심성과지표를 바탕으로 회사의 성장 정도를 파악하는 거라고 보면 돼.

P : Pre A 투자는 뭐야?

---

11 Discounted Cash Flow. 기업활동이 계속될 것이라는 가정하에 기업이 매년 발생시킬 현금흐름을 바탕으로 기업 가치를 산정하는 방법

B : 아. 그건 엔젤투자[12] 다음 투자를 Pre Series A 투자라고 하는데, 줄여서 Pre A라고 불러. 그리고 Pre A 다음 투자는 Series A, Series B, Series C 이렇게 돼. 여기 관련된 자세한 내용은 뒤에 얘기하자.

P : 오케이. 내용이 긴가 보군. 베타는 무슨 말이야?

B : 베타 서비스라는 건, 예를 들어 완성된 앱 이전에 기초적인 기능들을 넣고 만들어 본 앱을 의미해. 완성본이 아니라 실험 본이라는 거지. 완성에 가까운 테스트용 앱이랄까.

P : 슬슬 머리에 쥐가 나기 시작하는데? 아직 갈 길이 멀지?

B : 아니, 다 왔어.

P : 믿어도 되는 건가?

B : 그럼. 실행했잖아. 반 넘게 온 거야.

---

12 설립된 지 얼마 되지 않은 초기 스타트업에 하는 지분 투자

왜 스타트업이라고 표현하는 거야?

P : 우리가 하는 얘기의 핵심은 자영업을 기업으로 만드는 거잖아. 근데, 아까부터 '스타트업'으로만 얘기를 하고 있거든. 왜 스타트업이라고 계속 표현하는 거야?

B : 자영업이라고 해도 상관은 없는데, 두 가지 이유로 스타트업이라고 표현하고 싶어.

P : 뭐지?

B : 하나는 스타트업에서 쓰는 공식을 갖고 왔으니까.

P : 다른 하나는?

B : 뭐랄까, '정신?' 스타트업 정신을 자영업자들이 품기를 바라거든.

P : 스타트업 정신이란 어떤 거지?

B : 먹고살기 위해 돈을 버는 게 아니라, 뜻을 품는 거. 그 뜻을 실현하기 위해 사업하는 거.

P : 너무 이상적인 거 아냐?

B : 이상적이지. 그래서 스타트업들이 욕을 먹는 때도 있어. 사업

안 하고 창업 놀이한다고.

P : 창업 놀이? 그건 무슨 말이야? 실제로 사업은 안 하고 흉내만 낸다는 건가?

B : 어. 왜냐면 뜻에 너무 심취되어 있고, 아이디어만 갖고 그걸로 투자유치를 받으려 하니까. 뜻도 엄청 커. 기본 몇백억 매출 이렇게 그리니까.

P : 그렇군. 근데 왜 스타트업 정신을 얘기한 거야? 지금까지 대화를 보면 별로 좋은 정신은 아닌 것 같은데.

B : 이렇게 설명해 볼게. 3단계가 있어. 첫째, 스타트업의 뜻에 심취된다. 둘째, 현실을 모르고 이상만 좇는 스타트업을 한심하게 여긴다. 셋째, 그 이상이 결국 큰 결과를 만들어내기까지 어려움을 견디는 힘이란 걸 알게 된다.

P : 아하. 좀 더 풀어서 설명해줘 봐. 대충은 어떤 의미인지 알겠어.

B : 당장 먹고사는 사업은 자영업이야. 사업 오픈하기 쉽지. 이미 돈 벌고 있는 아이템을 택하면 되니까. 스타트업은 시작하기가 어려워. 사업을 창조해야 하거든. 쉽게 볼 수 없는 사업 모델, 시장이 형성되지 않은 사업 모델을 택하니까.

P : 오케이.

B : 자영업은 일종의 돈 되는 모델을 카피하면 되는데, 스타트업은 돈이 안 되는 시장에서 돈이 되게 만들어야 하니까. 힘든 거야.

P : 그 힘든 걸 버티게 하는 게 뜻이고 이상이라는 거네?

B : 그렇지. 처음에는 뜻을 갖고 하다가, 창업가도 회의에 빠지게 돼. 자기도 스타트업 놀이를 하고 있었던 게 아닌가 하고. 그러고 나서 돈이 되는 모델을 사업에 접목하지. 이 순간부터 큰 변화가 일어나.

P : 어떻게?

B : 스타트업 놀이만 하던 창업가가, 돈에도 눈을 돌리거든. 그럼 돈이 되는 모델에 이상적인 사업 모델을 접목하게 돼. 이상적인 사업 모델에 돈이 되는 모델을 접목하게 되기도 하고.

P : 아하. 뜻을 가지고 사업하던 창업가가 돈맛을 아는 거군. 돈 버는 방법도 알게 되는 거고. 그게 창업가의 뜻에 합쳐지는 거고.

B : 그렇지. 돈맛을 알게 되기도 하고, 돈의 무서움을 알게 되기도 하고, 돈에 독해지게 돼. 그래서 자영업자가 먹고살려고 돈 버는 건 처음에는 돈이 되지만, 나중에는 스타트업 창업가가 돈을 알고부터는 게임이 안 되는 거야. 퀀텀 점프를 하기 시작하면 그

때부터 자영업자와 규모 차이가 엄청난 거지.

P : 그러니까, 처음에 창업가가 품었던 뜻이 결코 헛된 게 아니란 거군. 언젠간 빛을 발하게 되니까.

B : 바로 그거야! 그리고 새로운 걸 만들어내고, 시장에서 인정 못 받는 시기를 견디게 하는 게, 뜻에 있고.

P : 굿굿. 앞으로 우리도 '스타트업'이라고 표현해야겠네? '가게'라 하지 말고.

B : 그러게. 자영업 파트너들도 스타트업 창업가라고 부르고!

P : 굿굿!

혼자 창업하는 게 좋아, 공동창업하는 게 좋아?

P : 혼자 창업하는 게 좋아, 공동창업하는 게 좋아?

B : 난 무조건 공동창업.

P : 왜? 번거롭지 않나?

B : 번거로워야 제대로 하지. 적어도 난 그래. 혼자 하면 오히려 흐트러지더라고. 게을러지고. 그래서 같이하는 걸 선호해.

P : 책임감도 막중할 것 같은데? 날 믿고 따라온 공동 설립자에게 성공을 안겨줘야 할 텐데 말이야.

B : 비전을 잘 공유해야지. 폴이 만든 비전에 동의하면 자연스럽게 팀으로 만들어질 거야. 비전에 동의하지 못한다면 자연스럽게 팀이 안 만들어질 거고.

P : 그렇군.

B : 서로가 합의하고 만드는 사업이니까, 실패도 같이 겪는 거지. 그 과정에서 진짜 팀원으로 만들어지는 거고.

P : 진짜 팀원?

B : 어. 비전이 아니라 돈이 되겠다 하고 붙는 팀원들은 얼마 못

가서 떨어져 나가. 사업이라는 게 쉽지 않으니까.

P : 오케이. 그럼 공동 설립자 한 명, 나, 그리고 시간제 직원 한 둘 정도로 사업을 시작해도 되나?

B : 사업 시작이야 어떻게 해도 상관없지. 자원이 허락하는 대로 우선 시작하고, 또 자원을 만들어가며 하고.

P : 주식회사를 만들어서 하면 주식을 갖고 미래를 약속할 수 있으니, 공동 설립자가 사업에 합류하게 되는 거잖아. 맞지?

B : 어. 맞아. 비전이 보이는, 돈이 될 사업이면 주식만 받고도 합류하는 공동 설립자가 있지.

P : 좋아. 그런 공동 설립자를 찾는 것도 중요하겠네. 아무나 그렇게 하지도 않을 거고, 나도 아무한테나 그런 약속을 할 수는 없으니까.

B : 사업 시작 시점뿐 아니라 사업을 진행하는 과정 내내 팀원으로 합류할 사람들을 찾아다녀야 해. 그게 리더의 역할이거든.

P : 알았어. 그 부분도 준비해 볼게. 그럼 아이템도 잡혔고, 팀원도 세팅이 됐어. 다음은 뭐지?

B : 자본금을 출자하는 거. 법인등록증 받고, 사업자등록증 내는 거.

주식회사 설립 자본금은 어느 정도가 적당해?

P : 주식회사 설립 자본금은 어느 정도가 적당하지?

B : 글쎄. 딱히 정해진 건 아니라서. 스타트업이면 1천에서 1억 사이?

P : 1천도 가능해? 너무 적은 거 아냐?

B : 그럼 한 5천 하던가.

P : 이게 법적으로 정해져 있는 건 아니군?

B : 자본금 요건이 있는 때도 있어. 금융 회사나 건설 회사 같은 경우. 근데 보통은 자본금 요건이 없어. 백만 원짜리 주식회사도 있으니까.

P : 적당하게 태울 돈이 있으면 한 5천에서 1억짜리 법인을 만들어도 되겠네. 근데 스타트업이면 천만 원도 괜찮겠고. 대학생들도 창업하잖아. 빵빵하게 주머니 채워서 사업하는 게 아닐 테니 자본금이 크지는 않겠다.

B : 그렇지. 초기 사업을 밀고 나가는 데 적절한 금액이면 되고, 투자유치만 할 수 있다면 자본금 넣고 주식회사 만든 다음에 바

로 투자유치 해도 되고. 그 자금으로 사업을 키워나가면 되니까. 딱 정해진 건 없어.

P : 좋아. 자본금은 액면가와 발행 주식 수라고 했잖아. 두 개를 곱하면 자본금이 되는 거고.

B : 어.

P : 그럼 액면가는 아무렇게나 정해도 되나?

B : 액면가는 100원, 500원, 1,000원, 5,000원 이런 식으로 정하면 돼. 액면가를 먼저 정하고, 발행 주식 수를 맞추는 거지. 자본금이야 미리 생각해 둔 금액이 있을 거니까.

P : 예를 들어 자본금을 5천만 원으로 생각하고 있다면, 액면가를 5천 원으로 정한다면, 발행 주식 수는 1만 주가 되겠네?

B : 그렇지.

P : 그리고, 발행 주식 수를 공동 설립자들과 나누면 되는 거고. 대부분은 대표가 갖고 가고.

B : 맞아. 그리고 법인 등록하고 사업자 등록하면 돼. 그럼 초기 주주구성이 된 주식회사가 설립되는 거지.

P : 아, 질문!

B : 뭔데?

P : 주식회사를 설립하기 전에 투자를 받아도 되나?

III

B : 좋은 질문이야. 안 될 건 없지. 대신 지분율을 명확히 해야 해. 자본금보다 투자금이 더 클 수 있거든. 예를 들어 자본금 3천만 원짜리 회사에 5천 투자가 들어온다고 하면, 그 5천에 대한 지분을 어떻게 배정할지 미리 고민해야지.

P : 그럼 어떻게 되는 거지? 복잡한데?

B : 복잡하다기보다는 회사 설립 전에 발행가가 만들어진다고 보면 되지. 공동 설립자와 대표는 자본금으로 출자를 하고, 투자자는 투자로 들어가고. 창업가가 아예 돈이 없을 때, 신생 법인을 만들어야 할 때, 투자자가 그런 식으로 투자해 주기도 해. 그 돈으로 자본금 만들고, 지분 분배하는 거. 창업가와 공동 설립자는 액면가로, 투자자는 발행가로 주식이 분배되는 거.

P : 그렇군. 그렇게 많이들 하나?

B : 많이 한다기보다는 투자잖아. 역시 절대적인 규칙은 아냐. 투자 당사자 간의 규칙이 있는 거지. 투자자도 좋고, 창업팀도 좋은 투자라면 괜찮다는 거. 책임감 있게 사업을 이끌어준다면 말이야.

P : 좋아. 어떤 의미인지 이해했어. 다른 방법은 없나? 출자할 때 말고.

B : 다른 방법이라. 없는 것 같은데? 이렇게는 되겠네. 우선 공동

설립자와 법인을 설립하고, 설립 직후에 발행가를 산정해서 투자를 받으면 되지. 회사 설립 전에 투자금을 먼저 받는 방법은 앞서 언급한 것 외에는 없는 듯.

투자 후 법인 등기

B : 아, 임대차 계약서가 있어야 하거든. 그래야 법인등록증 및 사업자등록증이 나와.

P : 그렇지. 사업 공간도 필요하니까.

B : 위치 좋은 데 필요하면 공유 오피스도 좋고, 굳이 위치 안 따지면 외곽 지역에 있는 사무실도 나쁘지 않지. 접근성만 괜찮다면.

P : 공유 오피스는 보증금이 적잖아. 그런 게 좋아.

B : 맞아. 인테리어비도 안 들고. 대신 독립 주소지를 등록할 수 있는 공유 오피스여야 해. 전대가 가능한 사업자가 있거든. 공유 오피스가 공식적으로 전대업을 갖고 있어야, 입주자들에게 사무실 주소를 내줄 수 있어.

P : 굿굿. 초기 비용 안 들게는 공유 오피스도 좋겠네.

B : 주식회사는 법인이잖아. 법인의 경우 대표이사 변동 사항, 주식 변동 사항 등 등기해야 하는 내용이 있어. 그런 부분을 잘 챙겨야 해.

P : 혼자 하는 회사가 아니라서 그런가 보구나? 주주들이 있으니까.

B : 그렇지. 투자 전에 투자자들이 법인 등기부 등본도 떼어보고, 사실관계를 확인하거든. 창업가는 법인 등기 관련된 부분도 잘 챙겨야 해.

P : 오케이. 유상 증자하고 나서도 등기를 하는 거 맞지? 예전에 투자했을 때 투자하고 나서 프로세스를 보니 회사들이 투자 내용에 대해 등기를 완료하는 기간이 있더라고.

B : 프로세스는 한 번 언급하고 가면 좋겠네. 우선 주주들과 신주 발행 건을 논의해. 혹은 이사회 결의를 통해서 할 수도 있고.

P : 주주는 회사의 공동 소유주들이니 지분 희석이 되는 걸 염두에 두고 신주 발행 논의를 하는 거겠네? 신주 발행을 하면 지분율이 줄어들잖아.

B : 그렇지. 회사의 리더가 독단적으로 정해서는 안 되는 거. 신주 발행에 관한 논의가 마무리되면 신주 발행 공지를 하고 투자자를 모집해. 이때 사모로 모집하면 개인 투자자들 몇 명을 통해 투자를 받게 되고, 공모로 하면 공개적으로 크라우드 펀딩을 통해 자금 모집을 할 수 있어.

P : 사모는 개인적으로 투자에 관한 소개를 하는 거고, 공모는

115

공개적으로 투자자를 모집하는 건가?

B : 그렇지. 사모는 49인 이하, 공모는 인원 제한이 없어. 스타트업이 공모하는 방법은 크라우드 펀딩이고. 크라우드 펀딩 회사를 통해 공식적인 자료를 제출하고, 검토 후 통과가 되면 투자자를 모집하는 거야.

P : 사모는 개인적으로 투자설명회를 해서 모집하는 형태이고. 나야 투자자로 참여는 몇 번 해봤으니까. 근데 크라우드 펀딩을 할 때 검토에서 통과가 안 되는 때도 있나?

B : 웬만하면 다 되는데, 서류가 너무 부실하면 안 될 것 같아. 우선은 크라우드 펀딩 회사에서 펀딩 사이트에 회사 소개를 올리기가 부담스럽고, 회사 관련 서류를 금융감독원에 보내야 하거든. 거기가 공식 관련 기구라서.

P : 오케이.

B : 굿굿. 다음 프로세스는 뭘까? 사모 혹은 공모로 자금을 모집한 뒤에는?

P : 투자금 입금받고, 법인 등기를 하나?

B : 어. 어떤 주식 혹은 채권을 발행했는지 법인 등기를 해야 해. 자본금 변동 사항도 있을 거고. 그리고 주주명부를 정리해서 투자자들에게 법인 등기와 함께 발송하면 끝.

P : 법인 등기를 하는 기간이 있는 것 같던데?

B : 법인 등기에 기록할 사항이 있으면 며칠 내로 등기를 하라는 게 있거든. 보통 투자 관련된 등기는 2주 내 마무리하더라고. 그러니 투자금을 입금받고 2주 안에는 법인 등기를 해야지.

P : 좋아. 아직 투자를 받진 않았지만, 어떤 과정이 있는지 가늠이 되네.

Tip

투자유치 프로세스

1. 주주총회 또는 의사회 결의를 통해 신주 발행 의결
2. 사모 혹은 공모로 투자자 모집
3. 투자설명회 진행
4. 투자 계약서 작성
5. 투자금 입금
6. 법인 등기
7. 주주명부, 법인 등기부 등본, 기타 서류 투자자 발송

데스벨리

B : 데스벨리라고 들어봤어?

P : 어, 데스벨리 알지. Valley of Death, 죽음의 계곡이라고도 하잖아. 회사에 현금이 말라가는 시기.

B : 그렇지. 회사에서 어떤 결과물을 만들어야 하는데, 그 결과물을 만들기 위해 대표가 혼자 움직일 수 없을 때도 있잖아. 그럼 채용을 해야 하고. 그렇게 투입되는 자원이 있는데, 현금은 서서히 바닥나. 그럼 그때 투자유치를 해야 하거든. 보통 데스벨리 때 투자 라운드가 엔젤이나 Pre A이고.

P : 매출을 바로 만들 순 없나? 꼭 투자유치로 방향을 잡아야 하는 거야?

B : 매출을 만들어도 되지. 그건 선택이야. 난 개인적으로 매출을 만드는 것도 좋다고 생각하거든. 그래서 "고무장갑을 팔아도 좋으니까, 일단 살고 보자"라고 얘기하기도 해. 창업가들과 투자 관련해서 얘기할 때.

P : 그러니까. 투자유치가 안 될 수도 있는 거 아냐. 잘 되나?

B : 거의 안 돼.

P : 역시.

B : 아직 스타트업 투자문화가 안 만들어졌어. 그리고 전문 투자자의 선택을 받기도 꽤 어렵고. 그래서 어떤 경우에는 대표가 투자유치만 하러 다니기도 해.

P : 안타깝네. 뜻도 좋지만 일단 살아남아야지. 투자유치에 시간을 너무 쏟으면 사업이 흔들리는 거 아닌가? 팀원도 몇 명 없을 텐데.

B : 그렇지. 사업이 흔들리지. 주요 사업에 전력투구할 수 있을 만큼의 자금이 있으면 좋지. 근데 현실은 그렇지 않으니까.

P : 근데 밥은 투자를 받으라고 했잖아. 투자유치가 어려운데 말이야.

B : 어. 매출을 내면서도 투자를 받기 위한 노력을 할 필요는 있다고 봐.

P : 왜?

B : 투자를 받는다는 건 단순히 회사에 돈을 넣는다는 것 이상의 의미라고 보거든.

P : 그 이상의 어떤 의미가 담긴 건데?

B : 창업가의 역량과 비전을 검증받는 거.

P : 창업가의 역량과 비전을 검증받는다?

B : 폴은 아무한테나 투자하겠어?

P : 전혀. 그렇게는 안 되지.

B : 그럼 폴은 어떤 창업가에게 투자할 것 같아? 어떤 성향의 창업가, 어떤 비전을 품은 창업가?

P : 글쎄. 기본적으로 신뢰가 가야. 팀 잘 이끌고, 비전을 현실화할 수 있는 사람?

B : 맞아. 그러니까, 폴이 그런 사람이 되면, 투자가 들어오는 거야. 그러니, 투자유치를 하기 위한 활동도 필요하지만, 그런 사람이 되기 위한 노력의 과정도 있는 거지. 창업가로서 성장할 기회라는 거.

P : 야, 그렇네. 단순히 투자를 끌어내는 게 아니라, 창업가로서 진짜 성장하는 과정이네. 그 과정이 쉽지는 않겠지만 가치 있을 것 같아. 스스로 단련하는 느낌?

B : 그럼. 그 과정에서 잃지 않는 법, 쌓는 법, 책임지는 법을 배우니까. 스타트업이 성공하는 데 세 명의 교사가 필요해.

P : 누구지?

B : DV, AC, VC.

P : 뭐야?

B : DV는 데스벨리, AC는 액셀러레이터[13], VC는 벤처캐피탈[14].

P : 액셀러레이터랑 밴처캐피탈리스트는 알겠는데, 데스벨리도 교사로 치는 건가?

B : 창업가가 성장하는 데 있어 가장 큰 스승이지. 고집스러운 창업가를 누가 가르치겠어?

P : 하하. 하긴, 고집이 없으면 창업가라고 할 수 없지. 그런 창업가를 가르치는 큰 스승이 데스벨리라고 하는 거군. 표현 멋진데?

B : 정말 그래. 데스벨리를 겪으면서 실패의 방법을 거의 모두 배우거든.

P : 실패의 방법을 거의 모두 배운다?

B : 어. 모든 실패를 경험해 봤기 때문에, 실패할 수 없는 경지에 도달하는 거야.

P : 모든 실패를 경험해 봤기 때문에 실패할 수 없는 경지에 도달한다. 멋진 말이네. 실패 안 하고 성공하는 방법은 없나?

B : 내가 무식해서 그런 건지 모르겠는데, 없는 듯.

---

13 초기 스타트업이 성장할 수 있도록 투자하고 다각도로 도움을 주는 사람 또는 회사.
14 Venture Capital. 성장 가능성이 있는 스타트업에 투자하는 투자자 또는 투자 회사.

P : 그런 모든 실패의 경험을 데스벨리에서 하는 거고?

B : 어.

P : 어떤 실패가 있지?

B : 투자를 못 받는 실패. 창업팀을 못 꾸리는 실패. 창업팀과 불화. 투자를 잘못 받아서 고생하는 경우. 투자자와 불화. 아이템 선정을 잘못하는 경우. 아이템을 바꿔야 하는데 피벗[15]할 자원이 없는 경우. 사기도 당하고 등등.

P : 정말 거의 모든 실패를 얘기하는 것 같네. 다 경험할 수 있기는 한가?

B : 그럼. 얼마 안 걸려.

P : 하하. 굿굿! 액셀러레이터와 벤처캐피탈은? 거긴 어떤 스승이지?

B : 액셀러레이터는 사업 시스템을 잡고 세련미를 입히는 스승. 벤처캐피탈은 메이저 금융시장으로 스타트업을 이끌어주는 스승.

P : 세 명의 스승이라. 좋아. 만나보겠어!

---

15 '중심 축을 바꾸다'는 동사로 스타트업이 사업 모델을 바꾸는 것을 의미.

죽음의 계곡 (Valley of Death) : '데스벨리'라고 표현하는 죽음의 계곡은 창업하고 나서 1~3년 안에 겪어요. 회사에 운영자금이 고갈되었으나, 유의미한 성과가 뚜렷하게 보이지 않는 시기라 투자유치에 어려움이 있습니다. 사업가의 사업 역량은 데스벨리에서 드러나며, 데스벨리를 통해 강화돼요. 실패할 수 있는 모든 경우의 수를 몇 년간 데스벨리를 통해 경험하게 됩니다. 그런 의미에서 데스벨리는 사업가에게 최고의 스승이 될 수 있어요. 고집 있는 사업가에게 교훈과 경험을 주고, 어려움에 대한 내성을 강화하고, 사업을 밀고 나가는 무한한 힘을 주는 훌륭한 스승이 데스벨리입니다.

비상장주식[16], 상장주식[17]

B : 용어 정리 하나하고 갈게. 주식회사를 만들었어. 그럼 우린 비상장주식회사야. 우린 비상장주식을 보유하고 있는 창업자 및 공동 설립자인 거지.

P : 비상장주식회사? 어떤 의미인지 알겠다. 상장주식회사는 코스닥, 코스피에 상장된 회사를 얘기하는 거잖아. 그럼 비상장주식회사는 코스닥, 코스피에 상장하지 않은 회사를 뜻하는 거 맞지?

B : 맞아.

P : 우린 비상장주식을 보유하고 있고, 우리 투자자도 투자하게 되면 비상장주식을 보유하게 되는 거네?

B : 그렇지.

P : 둘의 차이가 상장을 안 했다, 했다, 이것밖에 없나?

---

16 거래소에 상장하지 않은 주식.
17 코스닥, 코스피, 코넥스 등 공신력 있는 거래소에 상장한 주식.

B : 그렇지. 용어 자체가 그러니까.

P : 상장을 하고, 안 하고의 차이는 뭐지? 기업 관점에서 말이야.

B : 상장 전에는 자금조달이 어렵고, 상장 후에는 자금조달이 비상장일 때보다 훨씬 쉬워.

P : 회사 관점에서 자금조달의 난이도가 다르다는 거군. 그래서 회사가 상장하려 하는 건가?

B : 그런 목적이 크지. 상장시장은 결국 기업금융시장이니까. 자금조달이라는 건 투자를 받는 거잖아. 상장시장 자체가 기업의 주식을 사고파는 공식적인 시장이다 보니 시장 참여자가 많은 거. 그러니 거래가 잘 되지.

P : 왠지 상장한 회사라고 하면 건실한 중견기업, 대기업을 떠올리게 되거든. 사업을 안정적으로 하는 그런 기업들.

B : 상장 요건이 있는데 그 요건을 다 충족한 회사들이니까. 규모도 좀 되고, 시스템도 잘 갖춰진 회사라고 보면 될 듯.

P : 내 회사도 상장하는 게 좋겠지?

B : 그건 창업자의 선택이야. 내 주관으로는 상장하는 게 좋다고 보는데, 창업자가 굳이 상장을 안 하고 회사를 운영해도 괜찮으니까.

P : 밥은 왜 상장을 하는 게 좋다고 하는 건데?

B : 상장을 준비하는 과정부터 상장하고 나서까지 더 체계적인 시스템이 만들어지거든. 지배구조도 분산해서 책임도 분산하고, 한 명이 독점하기 어려운 형태로 의사결정 구조가 나오거든. 그럼 기업을 장기적으로 운영하는 측면에서 더 좋지 않을까?

P : 안 해도 된다고도 했잖아. 안 하는 사람들은 왜 안 하는 거야?

B : 이해관계자들이 늘어나니까 신경 쓸 게 많지. 보통 가족 기업의 경우에는 정보를 독점하고, 주식 및 배당도 독점하잖아. 남들이 터치 안 하니까 그게 편한 거고. 매출이랑 영업이익이 잘 나오는 회사면 그렇게 운영해도 되는 거지.

P : 창업자의 선택이란 거네. 잘 굴러가는 회사이면서 간섭받기 싫으면 대표가 비상장회사로 운영하면 되는 거고. 추가 자금조달을 통해 규모를 계속 키우고 운영을 시스템화하려는 목적이면 상장을 시키고.

B : 그렇게 볼 수 있을 듯.

P : 이왕 기업을 만든다는 목표를 세웠으면 상장을 하는 것도 의미 있겠네. 난 회사를 상장시키고 전문 경영인이 경영을 해주면 좋겠어.

B : 굿굿. 상장을 목표로 한 번 가 보자.

P : 상장하는 게 쉽진 않지?

B : 어. 그렇다고 못 할 것도 없지.

P : 좋아.

B : 주식회사를 합리적으로 운영하고, 규모를 키우면, 상장 준비
는 되어 있는 거나 다름없어. 의사결정 프로세스 잘 잡고, 기록
으로 남기고, 회삿돈 회사를 위해 쓰고, 대표 개인을 위해 혹은
가족을 위해 쓰지 않고, 임직원들과 동반성장 계획 수립하고, 주
주들과 소통하고, 지속 성장을 위한 기업 운영 철학과 구조를 만
드는 거. 그런 게 상장에 필요한 내용이니까. 법적, 도덕적으로
잘 운영하고, 성장성 있는 사업 운영하면 되니까.

P : 그래, 주식회사를 합리적으로 운영한다는 게 어떤 의미인지
와 닿네. 상장에 필요한 것들이 많다고 하면 많겠지만 결국 사회
에 도움이 되는 건실한 회사인지 평가한다는 거잖아.

B : 그렇지. 그러니까 우린 '책임' 이 부분을 신경 쓰면서 사업하
면 돼.

P : 상장까지는 보통 얼마나 걸려?

B : 예전에는 평균 12년, 13년 걸렸는데, 최근에는 특례상장이
늘어서 스타트업들이 빠르게 상장하는 사례가 늘고 있어. 바이
오, 테크, 플랫폼 기업들이 특례상장을 하는데, 5년 전후로 하더 *127*

라고.

P : 엄청나네. 회사 설립하고 5년 만에 상장을 한다니.

B : 중소기업을 성장시킬 수 있는 일종의 상장 트랙들이 다양하게 만들어지고 있어. 바이오 회사의 경우 회사를 키우고 안착시키는데 돈이 많이 드니까, 빨리 상장을 시키고 상장시장에서 자금 조달하게 하는 거야.

P : 그럼 영업이익이 탄탄하지 않아도 상장이 된다는 거네?

B : 그렇지. 그래서 특례상장이라 부르는 거고. 상장한 후에 시장을 접수하고 영업이익을 내는 거야.

P : 그런 게 있었구나. 그럼 회사 운영하기도 수월하겠네. 자금도 큰 규모로 모일 거니까.

B : 맞아. 그러니까 스타트업들이 이런 정책들을 잘 활용해야지. 그 출발은 역시나 주식회사이고 투자유치야.

P : 그렇게 다 연결이 되는 거네. 굿굿!

개념 설명

KSM (KRX Startup Market) : 스타트업 주식을 거래할 수 있는 거래소로 한국거래소 (KRX)에서 운영.

K-OTC (Korea Over-The-Counter) : 금융투자협회가 운영하는 비상장주식 거래소.

KONEX (Korea New EXchange) : 중소기업 전용 주식 거래소. 한국거래소에서 운영.

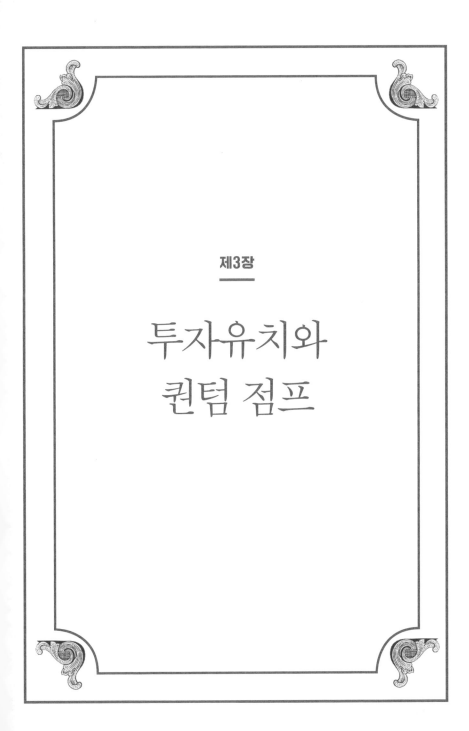

제3장

투자유치와
퀀텀 점프

목표

B : 자, 폴은 주식회사를 차렸어. 아이템도 있고. 그럼 이제 주식 가치를 올려야지. 주식 가치를 올리기 위해서는 뭘 해야 하지?

P : KPI 만들고 투자받아야지.

B : 그렇지. 투자를 받고, KPI를 만들고, 다음 투자를 받고, 다음 KPI를 만들고. 그렇게 서너 번, 네다섯 번 반복하면 폴의 회사는 기업이 되어 있을 거야.

P : 굿굿!

B : 근데, 폴이 투자유치를 못 했어. 투자금을 못 받는다는 건 무슨 의미일까?

P : 인정을 못 받았다? 사업 아이템이 안 좋다?

B : 맞아. 폴이 신뢰할 수 없는 사람이라는 거야. 아이템에 대한 확신도 없고, 폴의 팀 구성에도 의구심이 가고. 폴의 건강은 어때? 그런 부분도 투자유치에 연관될까?

P : 연관 있을 것 같아. 리더가 건강해야지!

B : 맞아. 그래서 투자유치는 쉬운 과정이 아니야. 많은 조건이

맞아야 하거든. 근데 투자를 받았다, 그건 무슨 말이야?

P : 신뢰를 받았다는 거지. 아이템, 팀원, 비전 전부 인정받은 거. 설령 조금의 의구심이 있더라도, 인정받은 거.

B : 그렇지. 투자를 받은 폴은 공인이야. 리더 중의 리더가 되는 거고. 그러니 더 책임 있게 행동해야 해. 폴이 무너지면 팀원, 투자자 모두 무너지는 거거든.

P : 부담이 확 오는데?

B : 그래? 그럼 성공에 한 발짝 더 다가간 거야. 부담스러워야 해. 그게 책임이야.

P : 하하. 좋아. 한번 해 보지 뭐.

B : 폴, 목표를 하나 세우자.

P : 어떤 목표?

B : 주식회사를 만들었으니, 최소한 이 정도는 가보자는 우리만의 목표.

P : 좋아.

B : 백억이야.

P : 백억? 뭐가? 기업 가치?

B : 아니. 기업 가치가 백억이면 기업이 아니지. 폴이 보유한 주식의 가치를 백억으로 만드는 거.

P : 내 주식 가치가 백억? 그럼 대략 기업 가치는 이백억 정도가 될까? 기업 가치 이백억에 내가 50%를 보유하고 있으면 내 주식 가치가 백억이군.

B : 그렇게 만족스러운 기업 가치는 아니지만, 그래도 첫 번째 목표를 '내 주식 가치 백억'으로 만들어 보자고. 회사야 더 키우면 되니까.

P : 좋아. 근데 왜 백억이야?

B : 그건 나중에 얘기하자. 일단 그렇게 알고, 고고!

P : 좋아. 나중에 꼭 얘기해 줘. 지금 얘기 안 하니까 더 궁금하네. 일단 고고!

Tip

1,000억 기업에 지분 10%를 보유하고 있다면 백억이 됩니다. 500억 기업에 20% 지분을 보유하고 있으면 백억이고요. 투자를 유치하는 과정에 리더의 지분율이 희석되므로 기업의 가치가 커지는 상태에서 투자를 받아야 합니다.

프리머니벨류, 포스트머니벨류

B : 프리머니벨류 (Pre-money Value), 포스트머니벨류 (Post-money Value)라는 개념이 있는데, 다 아는 개념이야.

P : 그래? 근데 왜 배워?

B : 혹시 대화하다가 나올까 봐. 투자 얘기할 때 쓰는 용어야. 알아들을 수는 있어야지.

P : 오케이. 어떤 의미지?

B : 프리머니벨류는 기업 가치야. 포스트머니벨류는 기업 가치에 투자받은 금액을 합한 거고.

P : 뭐야, 엄청 간단한데?

B : 어, 앞에서 다 개념 설명을 했으니까. 프리머니벨류가 30억이야. 투자가 3억 들어오고. 그럼 포스트머니벨류는 얼마지?

P : 33억?

B : 그렇지. 그럼 프리머니벨류는 어떻게 구하지?

P : 글쎄. 그렇게 얘기하니까 모르겠는데, 기업 가치잖아. 기업 가치를 어떻게 구하지?

B : 어. 발행가 곱하기 발행 주식 수.

P : 아, 맞다! 발행가 곱하기 발행 주식 수. 숫자 넣어 보자.

B : 발행가 5만 원에, 발행 주식 수 10만 주. 그럼 얼마지?

P : 50억이네!

B : 좋아. 이 50억은 자본금인가?

P : 아니지. 자본금은 액면가 곱하기 발행 주식 수야. 기업 가치는 발행가이고.

B : 굿굿! 완벽해. 우리가 이걸 왜 익히고 있지?

P : 내 사업을 기업으로 만들기 위해서지. 자영업을 기업으로 만들기 위해.

B : 이걸 알면 폴 사업이 기업이 되나? 어떻게?

P : 음, 투자를 반복해서 받고, 그 과정에 기업으로 성장하는 거야. 주식 가치가 커지고, 매출도 커지고, 임직원도 늘어나고, 스톡옵션도 활용하고!

B : 맞아. 투자유치에 필요한 기본 개념을 알아야 투자를 받을 수 있어. 투자를 받아서 회사를 키우는 일은 다른 누군가에게 맡겨서 할 게 아니거든. 대표가 알아야 해.

P : 그렇지, 대표가 책임져야 하니까. 기업 만듭시다!

B : 고고!

개념 설명

포스트머니벨류 = 프리머니벨류 + 투자 받는 금액

프리머니벨류 = 발행가 * 발행된 주식 수

기업 가치 상승 시뮬레이션

B : 폴의 기업이 가치를 올리는 과정을 시뮬레이션해 보자.

P : 오케이. 어떻게 하는 거지?

B : 지금부터 계산해야 하니까, 천천히 하자고. 말로 넘어가면 안 되고, 계산을 꼭 해봐야 해.

P : 좋아. 고고!

B : 액면가 1,000원, 발행 주식 수 10,000주, 자본금 1천만 원으로 주식회사를 설립해. 주식은 폴이 9,000주, 내가 1,000주 갖고 있어. 3개월 안에 투자를 한 번 받자. 이때 발행가는 10,000원, 신주 발행은 5,000주 하자. 우리가 얼마 투자받고, 우리 지분율은 어떻게 변하지?

P : 얼마를 투자받냐. 보자, 발행가 1만 원, 신주 5천 주 곱하면, 5천만 원을 투자받는 거네.

B : 우리 지분율은 어떻게 돼?

P : 우리 지분은 희석되지. 기다려봐. 내 지분율은 60%, 밥 지분율은 7%, 신규 투자자 지분율은 33%.

B : 첫 번째 투자치고는 많은 지분율을 내준 느낌이 나네. 투자 금도 5천인데 말이야. 자, 그래도 자본금으로 운영이 부족할 때 도와준 분이니까, 책임지고 기업 가치 올려 보자고. KPI 잘 만 들어서 18개월 뒤에 투자유치 한 번 더 해. 이때 5억을 유치해. 10%를 투자자에게 주기로 했어. 그럼 프리머니벨류는 어떻게 되지? 5억에 10%면 괜찮은 딜이네.

P : 44억 9천 1백만 원이 프리머니벨류. 발행가 299,400원, 발 행 주식 수 1,671주, 투자자 B의 지분율은 10%. 그럼 내 지분율 은 54%, 밥은 6%, 투자자 A는 30% 이렇게 되네!

B : 발행가가 29만 원이니까, 30만 원으로 치고, 투자자 A까지 각자 주식 가치는 어떻게 되지?

P : 난 27억, 밥은 3억, 투자자 A는 15억! 오, 두 번째 투자에서 우리 주식 가치가 많이 올랐는데?

B : 두 번째 투자에서 기업 가치가 많이 올랐으니까. 지분 희석도 조금 낮았고. 투자자 A는 5천 투자하고 15억 번 거네! 폴은 우리 목표치 100억까지 가야 하는데 아직 멀었고.

P : 아, 이게 지분율이 떨어지니까, 단순히 기업 가치만 보고 내 주식 가치를 계산하면 안 되겠네. 이렇게 계산해 보면 되겠다. 내 가 9,000주 보유하고 있으니까, 주식이 얼마가 되면 내 주식 가

치가 100억이 되는가. 이건 밥이 계산해봐.

B : 120만 원! 1주에 120만 원 하면 풀 주식 가치는 대략 100억이 되네.

P : 야, 120만 원이라. 그렇게 만들 수 있을까?

B : 만들어야지. 어떻게?

P : KPI를 올리면서 투자를 반복해서 받는다!

Tip
—

발행가와 신주 발행 주식 수를 통해 프리머니밸류 등을 계산하는 엑셀 시트를 만들어뒀어요. 엑셀 시트가 필요한 분은 이메일 주세요.

Bob의 이메일 주소 ssanghooy@naver.com

신주, 구주

B : 폴이 회사를 운영하면서 개인 자금에 어려움이 생겼어. 목돈이 필요한 상황인 거지. 한 5천 정도. 근데, 통장에는 돈이 하나도 없는 거야. 그럼 그 5천을 어떻게 구하지?

P : 대출?

B : 만약 대출이 안 되면? 데스벨리를 겪으면서 가용할 수 있는 자금을 다 써버린 상태야.

P : 글쎄? 어떡하지?

B : 해결책 중 하나는 '구주'를 파는 거야.

P : '구주'를 판다? 그게 무슨 말이야?

B : '구주'라는 건 폴이 보유하고 있는 주식이야. 내가 보유하고 있는 주식도 '구주'이고. 다른 투자자들이 이미 보유하고 있는 주식도 '구주'야.

P : 구주라는 건 이미 누군가 보유하고 있는 주식을 뜻하는 거네?

B : 맞아. '신주'는 뭘까?

P : 신주는 새로 발행되는 주식?

B : 어. 신주는 기존 투자자 혹은 새로운 투자자를 위해 새로 발행하는 주식이야.

P : 근데 5천이라는 목돈이 필요하면, 구주를 팔라고? 내가 보유하고 있는 주식을 팔라는 거지?

B : 그렇지. 시뮬레이션에서 마지막 주식 가치가 얼마였지?

P : 30만 원.

B : 그럼 5천을 만들기 위해서 몇 주를 팔아야 하지?

P : 167주를 팔면 5천 1십만 원이네.

B : 그렇지. 근데, 목돈으로 5천이 필요한 거면 더 팔아야 해. 양도세 내는 걸 생각해야 하거든.

P : 아하. 세금! 세금이 몇 %지?

B : 대략 25% 정도라고 보면 돼. 그럼 약 7천만 원어치 구주를 팔고 약 2천 세금을 내야 목돈 5천을 만들겠구나.

P : 오케이. 그럼 234주를 팔아야 하네. 그럼 7천 2십만 원이야.

B : 234주를 팔면 폴에게 남은 주식이 몇 주지?

P : 9,000주에서 234주를 빼야 하니까, 그래도 8,766주나 남는데?

B : 그렇지. 아직 주식 많이 남은 거.

P : 진짜 이게 가능한 거야? 이래도 되는 거야?

B : 그럼. 폴이 보유하고 있는 주식을 팔고 양도세까지 내는 거니까. 우리가 몰라서 못 써먹은 거야. 정식으로 보유하고 있는 주식을 매각해서 개인 자금을 조달하는 거고.

P : 야, 뭔가 평범한 방법은 아닌 것 같은데? 이렇게 목돈을 마련해도 되는 건가?

B : 폴이니까 가능한 거야. 주식회사를 만들었기 때문에. 그리고 주식에 생명을 불어넣었기 때문에. 개인사업자는 이렇게 못 하잖아. 팔 주식이 없으니까.

P : 신기하네. 이렇게 자금조달을 또 할 수 있구나.

B : 이건 정확히 자금조달이라 할 순 없지. 그건 회사에 돈을 들일 때 표현으로 쓰자고. 폴의 주식을 판 거니까, 폴의 돈이지. 자영업에서 기업으로 넘어가는 게 우리 미션이잖아. 신주와 구주의 개념을 알고 있다고 하자. 폴은 어떻게 활용할 수 있을 것 같아?

P : 말 그대로 목돈이 필요할 때 구주를 팔아서 현금을 마련할 수 있으니까. 개인 채무를 갚아야 할 때? 사업에 필요한 돈이면 신주를 발행해서 모집하면 되잖아.

144   B : 사업을 하다 보면 예기치 못한 상황을 맞닥뜨릴 때도 있어.

특히 사업이 안정화되지 못한 상황에서 대표는 개인 자금을 급하게 회사에 넣어야 할 때도 있고, 개인적으로 돈을 빌려서 회사의 사업에 보태기도 해야 하고. 그런 다양한 변수에 대응할 수 있는 수를 하나 둔다고 보면 될 듯.

P : 회사를 키우는 과정에 리스크를 대응할 방법이 되기도 하겠네.

B : 그렇지.

Tip

구주를 개인적으로 팔 때는 양도계약서를 써요. 주식을 사는 자와 양도계약서를 쓰고, 주식 매도 자금을 개인 계좌로 입금받고, 변동된 주주명부를 투자자에게 보내주면 됩니다. 대표가 보유하고 있는 개인 주식을 파는 것이니 대표 개인 계좌로 매도 자금을 받아야 해요.

돈을 창조하는 법

P : 난 아직도 실감이 안 나. 저 계산이 맞는 건지.

B : 벤처가 성장하는 방식이야. 스타트업. 그거 알아? 글로벌 스타트업이 유니콘이 되는 데 걸리는 평균 시간?

P : 유니콘이면 기업 가치 1조 맞지? 글쎄, 10년? 15년?

B : 6년.

P : 힐! 6년 만에 회사가 1조 가치로 성장한다고?

B : 어. 글로벌 통계야. 한국은 몇 년 걸릴 것 같아?

P : 설마, 비슷한가?

B : 한국은 평균 7~8년 걸려. 지금 있는 유니콘들 보면 평균 7년 정도야. 배달의민족, 당근마켓 등 우리가 이름만 들으면 알 만한 회사들이 평균 7년 만에 1조 가치를 만들었어.

P : 그럼 그 회사를 이끄는 대표의 주식 가치는 7년 만에 몇백억, 몇천억이 됐다는 거네?

B : 그렇지. 급할 때 7천만 원어치 팔아서 써도 몇백억이 남는 거야.

P : 이런 세상이 있었다니. 월급만 받아서 사는 사람은 꿈도 못 꿀 돈이잖아. 아니, 사업하는 사람들에게도 그렇지. 보통은 '사업이 잘 되어서' 기업이 되고, 돈을 많이 버는 것으로 아는데, 이건 완전히 다른 공식이잖아.

B : 그렇지. 주식회사를 키우면 가능한 얘기야. 자영업이나 중소기업으로는 못 만들지만, 주식회사로 기업을 만들면 가능하다는 거지. 보유하고 있는 주식의 가치가 그렇게 된 거야.

P : 대단하네.

B : 그 정도의 돈을 만드는 건 주식밖에 없어. 그게 중요한 거야. 주식회사의 대표라고 해서 연봉을 많이 갖고 가는 게 아니거든. 특히 스타트업 대표는 월급쟁이나 별반 다를 게 없어. 어떻게 보면 더 못 갖고 가고. 월 300 정도 갖고 가고, 몇 년 쌓이면 퇴직금 좀 붙겠지, 그래도 저런 규모의 돈은 못 만져. 주식회사의 대표가 주식 가치를 키울 때만 큰 규모의 돈을 만들어낼 수 있는 거야.

P : 정말 무에서 유를 창조하는 거네. 근데 대표면 자기 월급 좀 올려도 되는 거 아닌가?

B : 이사회에서 연봉 합의해 주면 되겠지. 근데 그래봤자 자기 회사 기업 가치 많이 키워서 갖고 가는 것보다 훨씬 덜 하니까, 조

147

금이라도 더 투자하고, 기업 가치 키우는 거야.

P : 주식에 생명력이 생긴다. 생명력을 지닌 주식이 얼마나 큰 힘을 갖게 되는지 숫자로 표현하니 실감이 나네.

B : 자영업으로 돈을 좀 번다고 해도 주식회사를 키워서 버는 주식 가치에 비하면 얼마 안 되는 거야. 그러니까 자영업이 게임이 안 되는 거지.

P : 그러게.

B : 예를 하나 들어보자. 자영업으로 성공을 해서 돈을 열심히 모았어. 7년 뒤에 사업을 확장해. 근데 그게 망했어.

P : 어. 그럼 어떻게 되는 거지?

B : 그동안 번 돈을 모두 잃는 거지.

P : 그렇게 극단적으로 망하나?

B : 어. 그런 사례들이 많아. 특히 외식 프랜차이즈 사업하는 분 중에 많더라고. 성공도 빨리하고, 망하기도 빨리 망하고.

P : 하긴 외식업 본사는 가맹점이 확장되면서 빠르게 성장하더라고.

B : 근데 시스템이 안 받쳐주니까, 그리고 성장 과정에서 미래 가치를 못 당겨 오니까, 사업하다 아이템을 한두 개 잘못 만들면 거기서 벌었던 돈을 다 까먹어. 거의 자기자본이나 은행 대출만

써서 사업하거든.

P : 그렇군. 그리고 보통은 요리를 기반으로 프랜차이즈 사업으로 확장되니까, 리더가 재무 관리나 경영 측면에서 약한 것도 있을 거고.

B : 그렇지. 만약 주식회사로 성장 과정을 밟았다고 생각해봐. 그리고 투자를 잘 유치하는 역량을 갖췄다고 생각해봐. 그럼 신규 모델을 확장할 때 신주를 발행해서 자금을 좀 더 넉넉하게 갖고 사업하거나, 구주를 팔아서 급한 불을 끌 수도 있어. 아니면 신규 브랜드에만 별도로 투자를 받아서 프로젝트 형태로 브랜드를 키울 수도 있고.

P : 응용할 수 있는 방법이 다양하구나.

B : 어. 주식회사 내의 별도의 프로젝트에 투자하는 형태로 투자 모델을 만들 수 있는데, 그게 이익참가부사채[18]야.

P : 이익참가부사채?

B : 어. 법인은 이익참가부사채를 발행하고, 투자자는 거기에 투

---

18 [경제] 확정 이자의 지급을 받은 후 기업 이윤의 분배에도 참여하는 사채. 사채적(社債的) 특질과 주식적(株式的) 특질을 가미한 것으로 주로 미국에서 발행되었다.

자하지.

P : 별도의 프로젝트에 투자한다?

B : 신규 브랜드에 관해서만 투자하고, 거기서 나온 수익을 공유하는 투자 모델을 만드는 거야. 신규 브랜드일 수도 있고, 신규 매장일 수도 있고.

P : 아는 게 힘이군.

B : 사업을 하면서 만난 많은 리더가 이런 내용을 잘 몰라. 자영업을 하는 분들은 거의 다 모른다고 보면 되고.

P : 좋아. 듣고 보니 확실히 알고 사업하는 거랑 모르고 사업하는 거랑 차이가 크겠다는 생각이 들어. 투자유치라고 하면 어떤 투자가 있고 이런 것보다는 무작정 돈을 빌리거나 동업으로 지분 계약을 맺잖아. 거기서 정교함이 떨어지는 거고, 정교함이 떨어지니 관리가 안 되고, 관리가 안 되니 동업 계약이 틀어지고.

B : 그렇지. 아는 게 힘이다! 공부하고, 기업 만들자고!

이익참가부사채 : 특정 프로젝트에 투자하는 형태의 채권. 간혹 크라우드 펀딩 사이트에 영화나 공연에 투자하는 펀딩이 나옵니다. 투자 후 영화나 공연의 흥행 여부에 따라 투자자가 가져갈 수 있는 수익이 변동되는데, 이런 형태로 투자하는 채권을 이익참가부사채라고 합니다. 영화나 공연이 흥행하면 더 높은 수익을 내고, 실패하면 수익이 낮아지거나 원금 손실을 볼 수 있는 투자입니다. 외식업체의 경우 개별 매장을 대상으로 이런 형태로 투자유치를 할 수도 있어요. 다만 별도로 수익 정산을 해야 하기에 번거로워 많이 쓰이지는 않습니다.

투자유치 방법

P : 좋아. 투자유치 하자. 그래야 기업 가치를 올리니까. 투자유치
는 어떻게 하는 거지? 뭘 준비해야 해?

B : 일단 전체적으로 뭐가 필요한지 얘기해 보고, 세부적인 것들
얘기 나누자.

P : 오케이. 빨리 얘기해줘 봐. 왠지 할 수 있을 것 같아. 몸이 안
달 나는데?

B : 하하. 생각나는 대로 읊어볼게. 그리고 중요한 것만 빼서 깊
이 얘기 나누자.

P : 고고!

B : 사업소개서, 투자소개서가 갖춰져 있어야 하고, 투자소개서
안에 사업소개를 넣어도 되니까, 투자소개서가 일단 필요하네.

P : 또 뭐가 필요하지?

B : 그리고 네트워킹을 해야 해.

P : 네트워킹?

B : 어, 투자자 네트워킹. 투자자들이 있어야 투자를 하지. 혹은

일반 법인이 투자할 수도 있고, 투자회사에서 투자할 수도 있고.

P : 일반 법인도 투자해?

B : 어. 전략적 투자를 하지. 전략적 투자란 사업적으로 연관 있는 산업에 있을 때 서로 도움을 주고받기 위해 하는 투자야. 재무적 투자란 그런 거 없이 재무적 가치만 따지고 하는 투자이고. 전략적 투자에는 재무적 투자의 개념도 포함되어 있다고 봐도 좋을 듯. 아 그리고 하나만 더!

P : 응, 뭐?

B : 전략적 투자, 재무적 투자, 그리고 ESG 투자. 요즘엔 ESG 개념이 주목받는데, 글로벌 투자사에서 ESG를 투자의 기준으로 꼽고 있어. 단순히 돈이 되는 것에 투자하는 게 아니라, 환경(Environmental), 사회적 책임(Social), 지배구조 (Governance) 세 가지 영역 즉, 비재무적 측면에서 얼마나 신경 쓰냐 이게 투자의 기준이 되는 거지.

P : 오. 별걸 다 알아?

B : 그런가?

P : 좋아. 또 다른 건? 투자받는데 필요한 다른 준비사항?

B : 시간.

P : 시간?

B : 어. 투자자들을 만난다고 해서 투자가 되는 게 아니거든. 중장기적 관점에서 친해질 시간이 필요하고 공을 들여야 해.

P : 하, 쉽지 않네?

B : 당연하지. 백억을 쉽게 벌 줄 알았어?

P : 단순하고 쉽다며?

B : 그랬나? 그래야 시작을 할 거 아니야.

P : 헐. 하긴 수치상으로 계산하니까 눈에 보여서 그렇지, 저 숫자들을 진짜 만들어내려면, 사업도 탄탄해야 하고, 팀원들도 일을 잘해야 하고, 여러모로 사업적 역량이 뛰어나야 할 거니까.

B : 그럼. 대신 잘 만들면 진짜 얻을 수 있다는 게, 헛된 희망은 아니라는 거지.

P : 맞아. 실력으로 버는 거니까. 도박이 아니라.

B : 그리고 한 번 쌓인 실력을 반복적으로 활용할 수도 있고.

P : 좋아. 또? 또 뭐가 필요해?

B : 아, 이렇게 표현하면 간단할 수도 있겠다.

P : 어떻게?

B : 사람, 상황, 사업

P : 사람, 상황, 사업?

B : 어. 사람, 상황, 사업. 이 세 개를 갖추는 거야. 리더 스스로 철

학적으로 잘 준비하고, 도덕적으로 행동하고, 일 열심히 하고, 임직원, 파트너, 투자자 네트워크 잘 만드는 게 '사람'. 사람과 관련된 모든 것.

P : 상황은?

B : 상황은 시대의 흐름. 고객이 원하는 사업을 하는가? 트렌드에 맞는가? 그렇다고 트렌드만 좇아서는 안 되고, 조직에 비전이 있어야 하고. 시대가 원하는 서비스를 하는지. 시대는 어떤 투자 유형을 선호하는지. 투자가 잘 이루어질 만한 시기인지 등등 시대와 주변 환경에 대한 분석, 대응.

P : 오. 사람, 상황, 사업 이렇게 얘기하니까 뭔가 틀이 있는 것 같아서 좋은데?

B : 그렇지? 산발적으로 얘기 나누는 것보다.

P : 좋아. 사업은 아이템인가?

B : 맞아. 사업은 아이템. 상황에 맞는 기업의 아이템. 그리고 그걸 표현 및 포장하는 모든 것들. 투자소개서, 홈페이지 등.

P : 굿굿!

B : 하나 더 있다.

P : 뭐?

B : 대표가 투자 방식에 대해서도 잘 준비해야 해. 이 내용은 상

황에 포함해도 될까? 상황에 맞는 투자유치 전략 및 투자 방식.

P : 투자 방식이라면 어떤 거지?

B : 대여금으로 돈을 빌릴 거냐, 채권을 발행할 거냐, 주식을 발행할 거냐, 기간을 얼마로 하고, 옵션은 뭘 넣을 거냐. 그런 것들을 잘 설계하는 거.

P : 하. 뭐야. 뭐가 또 많이 보이는데?

B : 아냐. 이게 끝이야. 이제 더 없어. 이 정도 알고 사업만 열심히, 똑똑하게 하면 돼.

P : 믿어도 되겠어?

B : 그럼. 나올 만한 내용은 다 나왔고, 구체적으로 하나씩 살펴보면 됨.

P : 고고!

Tip

질문을 받은 적 있어요. "투자할 때 뭘 보나요?" 그때 했던 대답이 "사람, 상황, 사업을 봅니다."였어요. 리더와 팀, 거시적 흐름, 아이템, 크게 이 세 가지를 보는 것이죠. 투자자 관점에서 그 세 가지를 보고 판단한다면, 반대로 사업가 관점에서는 그 세 가지를 기준으로 투자유치를 준비하면 되잖아요.

첫 번째 투자유치

B : 뭐든 처음이 중요해.

P : 그렇지. 첫 단추를 잘 끼워야지.

B : 폴의 주식회사가 첫 번째 투자를 받을 거야.

P : 드디어!

B : 얼마 정도 받길 원해?

P : 글쎄, 어느 정도를 받으면 적당할까?

B : 폴이 대답해봐. 얼마 받고 싶어?

P : 3억 정도?

B : 왜? 왜 3억을 받고 싶은 건데?

P : 몇 명 채용하고, 홈페이지도 만들고, 채용하고 나면 근무 인원이 늘어나니까 사무실도 옮겨야 할 것 같은데? 그럼 보증금에 월세도 있어야 하고, 가구 및 실내장식에 돈 들어가고. 또 서비스 개발비용 들어갈 거고. 3억에서 5억 정도는 있어야겠는데?

B : 현실적으로는 그렇지. 근데 내 생각은 좀 달라.

P : 어떻게?

B : 첫 투자는 적게 받아보는 게 좋아.

P : 적게 받아보는 게 좋다? 경험해 보라는 건가?

B : 어. 첫 투자로 3억, 5억은 많아. 투자금이라는 게 어떤 의미가 있는지, 폴이 투자자를 어떻게 느끼는지, 투자한 투자자는 폴을 어떻게 느끼는지 등등 그런 것들을 우선 경험해 보는 게 필요하거든.

P : 하긴, 생각보다 버거울 수도 있을 거니까. 그러니 처음부터 투자를 많이 받지 말라는 거군?

B : 어. 적게 받고, 다양한 형태로 받아 봐. 짧게 빌려서 쓰고 갚는다던가, 소액을 지분 투자하게 한다던가. 그리고 계약된 대로 혹은 약속된 대로 꼭 지켜. 이자가 있으면 그 이자를 잘 갚고, 목표한 KPI가 있으면 그 KPI를 꼭 달성하고.

P : 근데 소액을 투자받으면서 KPI를 달성할 수 있나? 자금이 두둑이 있어야 가능한 거 아냐?

B : 폴이 가진 돈을 사업에 넣어야지. 회사 자본금도 있을 거고. 한 푼도 안 갖고 사업을 시작할 건 아니잖아.

P : 그래도 금액이 얼마 안 될 것 같은데?

B : 그럼 KPI를 다시 정의하거나 잘게 나누어도 돼. 핵심은 돈을 투자받아서 써보고 그걸 갚는 거야. 그 과정에 무엇을 느끼고 배

우는지 잘 기록하는 거고. 적은 돈이라도 아마 쉽지 않을 거야.

P : 그러게. 빨리 이익이 나지 않는 때에는 아르바이트라도 해야 하는 거 아냐?

B : 해야지. 투자에 대한 약속은 지켜야 하니까.

P : 좋아. 왜 적은 돈을 투자받으라고 하는 건지 감이 오네. 돈의 무게를 느껴보라는 거 아냐?

B : 적은 돈이 결코 적은 돈이 아니라는 걸 알게 될 거야. 근데 3억이면 그 적은 돈들이 수십, 수백 바구니 모인 거거든. 처음부터 너무 큰 투자를 받게 되면 "난 투자 안 받고 회사 키울 거야." 분명히 이 소리 나와.

P : 그래? 어떻게? 왜 투자를 안 받는다고 하는 거지?

B : 사업이 생각보다 계획대로 안 되거든. 모든 일정이 계획보다 지체되고, 결과도 안 나오고. 근데 투자금을 돌려줘야 하는 시기가 다가와. 그러다 투자자들과 실랑이를 벌이게 되지.

P : 아하. 돈을 갚아라, 지금은 갚기 어렵다, 뭐 이런 얘기들이 오가겠네.

B : 그렇지. 밤에도 전화 오고, 집에 찾아온다고 하고. 기분이 어떻겠어?

P : 스트레스 엄청 받겠네.

B : 예전에 사업을 같이하던 동료가 있었는데, 투자자들이 그 친구 아기 돌잔치에 찾아간다고 했어. 그 정도야.

P : 하. 고생했겠네? 심리적으로 지칠 것 같아.

B : 맞아. 그래서 내 주변에도 보면 투자받고 사업하다가, 어찌어찌 돈은 갚았는데, 두 번 다시 투자 안 받는다는 얘길 하거든. 투자는 그런 거야.

P : 그 아기 돌잔치는 어떻게 됐어?

B : 투자자들이 일부 금액 받고, 돌잔치는 문제없게 진행했지. 그때 그 친구랑 나랑 공동사업을 했거든. 나도 정말 미안하더라고.

P : 장난 아니네. 트라우마가 될 수도 있겠어.

B : 어. 돈은 유통의 특성이 있어. 그러니까 적게 쓰고 잘 갚아. 그럼 그 뒤에 점점 더 큰 돈이 들어올 거야.

P : 오케이. 감당할 수 있을 만큼 받고 신뢰를 지켜가면서 투자 규모와 사업 규모를 키우는 거네.

B : 역시 깔끔한 정리. 굿굿!

Tip

첫 번째 투자로는 소액 지분 투자를 받으세요. 1인 300만 원에서 500만 원 정도로 최대 10명 정도가 좋아요. 만약 지분 투자를 받지 않고 빌리는 형태로 투자를 받는다면 3,000만 원에서 5,000만 원 정도를 먼저 받고 상환해 보세요. 사업 초기에는 많은 돈을 투자받는 것보다 투자금이 사업을 운영하는 리더에게 어떤 느낌을 주는지, 어떤 책임을 갖게 되는지 아는 게 중요해요.

업계에서 활동하는 엔젤투자자나 액셀러레이터는 사업 실패 경험이 있는 창업가에게 투자하는 걸 선호해요. 투자를 받고 사업에 실패해본 경험을 두세 번 정도 가진 창업가요. 투자를 한 번도 안 받아본 창업가는 투자자와의 소통을 어려워하고, 계획대로 사업이 진행되지 않을 때 대처하는 방식이 미숙합니다. 투자자 입장에서 투자 리스크가 큰 것이죠. 창업가는 첫 사업에서 반드시 성공하겠다는 마음을 갖고 사업하겠지만, 실패 리스크에 대비하기 위해 적절한 금액을 투자받아야 해요.

투자자

B : 투자자에도 종류가 있어.

P : 법인, 개인, 투자회사?

B : 그렇게 나눌 수도 있고, 이렇게 나눌 수도 있겠네. 주변 지인, 개인 엔젤, 전문 엔젤, 액셀러레이터, 벤처캐피탈

P : 종류가 다양한데?

B : 처음에는 주변 지인들로부터 시드 혹은 엔젤 투자를 받고, 다음으로 전문 엔젤, 법인, 액셀러레이터, 벤처캐피탈 순서대로 받는다고 보면 돼.

P : 순서가 있구나?

B : 사업이 커질수록 투자유치 규모가 커지잖아. 그러니 만나는 사람도 달라질 수밖에. 굳이 순서를 따지기보다는, 사업을 시작한 순간부터 투자자 연락처를 수집해 두는 게 좋아. 미리 네트워킹을 시작하는 거지.

P : 미리 시작한다?

B : 어. 미리 시작해야 해. 두 가지 이유가 있어. 첫째, 투자유치에

시간이 걸려. 최소 6개월을 보면 돼. 근데 보통 투자금 모집한다고 대표가 움직이면, 두세 달 안에 자금이 떨어지는 경우가 많더라고.

P : 창업가는 돈이 필요할 때 움직이지만 투자자는 여유가 있으니까, 미팅하면 온도 차가 있겠네.

B : 스마트! 그거야. 창업가는 엄청 급하거든. 투자 안 해주면 다른 투자자 만나러 가는 거지. 근데 다른 데 가도 반응이 비슷해.

P : 그래서 시간을 여유 있게 갖고 투자를 준비하라는 거구나?

B : 그리고 한 가지 이유가 더 있어. 이렇게 질문해 볼게. 폴은 잘되고 있는 회사에 투자하고 싶어, 안 되는 회사에 투자하고 싶어?

P : 당연히 잘되고 있는 회사에 투자하고 싶지.

B : 그렇지. 그렇기에 우리 회사가 자금을 한창 갖고 움직일 때, 자금 여유가 있을 때 투자자를 만나야 해.

P : 투자자가 보기에 돈이 쪼들릴 때는 사업이 안 되는 것 같이 보인다?

B : 맞아. 여유가 없으니까. 근데 여유가 있을 때 만나면 투자자가 보기에 심리적으로 사업이 잘되고 있다고 느껴. 돈이 그렇게 급한 것 같지도 않고, 뭔가 체계적으로 준비하는 듯한 느낌을 준

163

다고나 할까? 여유를 갖고 말이야.

P : 야, 그렇겠네. 투자자가 언제 자금이 필요하냐고 얘기하면, 당장은 필요하지 않고, 미래의 특정한 시기를 정해서 얘기하면 뭔가 계획적으로 움직이는 사람 같잖아?

B : 그럼. 투자유치를 하는 대표도 스스로 여유가 생기고, 그게 자신감으로 이어져. 그렇게 되어야 투자자와 미팅을 할 때 균형이 맞지.

P : 그래. 창업자 혼자 너무 다급한 모습을 보이면 투자자가 매력을 못 느낄지도. 그리고 창업자 스스로 심리적으로 휘둘릴 거고. 급하니까.

B : 어. 그래서 '투자 미팅은 사업이 잘 되고 있을 때, 자금 여유가 있을 때 하라' 이거야.

P : 굿굿! 근데 투자자는 어떻게 만날 수 있지?

B : 우선 스타트업 네트워킹, 행사, IR에 꾸준히 참석하면서 명함을 모아. 그리고 한국엔젤투자협회가 운영하는 엔젤투자지원센터 홈페이지에서 엔젤클럽 이메일을 볼 수 있어. 또 액셀러레이터나 벤처캐피탈의 경우 홈페이지에서 투자소개서를 접수하는 공식 이메일이 있고. 그리고 소개를 통해 투자자를 만나는 것도 좋아. 그럼 좀 더 호의적인 관계에서 자료 전달이나 미팅할 수 있

거든.

P : 소개를 통해 만나지 않는 경우는 호의적이지 않을 수 있다는 건가?

B : 그런 경우도 있지. 그리고 이메일을 보내면 거의 답장을 못 받을 거야.

P : 그래?

B : 꽤 많은 이메일을 받기 때문에 일일이 답하는 게 쉽지 않아. 그래서 평소에 관계를 잘 맺어 두면 좋아.

P : 어떻게 관계를 맺어야 하는데? 계속 만나고 다닐 수만은 없잖아. 사업 하기도 바쁜데.

B : 그렇지. 그래도 연락처를 아는 투자자에게는 종종 안부도 묻고, 소식도 전하고, 이메일만 아는 때에는 정성을 들여서 소개 글과 함께 자료를 보내고.

P : 투자 네트워킹하는 것도 보통 일이 아니네.

B : 보통 일이 아니긴 한데, 꽤 도움이 되는 인맥들이니까 알아 두고, 친하게 지내면 좋을 거야. 아, 그리고 주의할 거.

P : 뭐지?

B : 단체 메일은 안돼. 정성이 없어 보여. 딱 한 사람에게 하나의 메일을 정성을 들여서 보내. 그럼 답을 받을 확률이 올라갈 거 165

야. 단체 메일에는 웬만하면 답을 안 달아.

P : 꿀팁이네.

B : 하나 더.

P : 뭐?

B : 투자자도 사람이잖아. 투자자에게도 관심 가져 줘. 그리고 비전을 보여주도록 노력하고, 투자자에게 질문하는 것까지.

P : 하나가 아니고 세 개인데?

B : 말을 하다 보니 그렇게 되네. 첫째 투자자에게 관심 두기. 둘째 비전 보여주기. 셋째 투자자에게 질문하기.

P : 투자자에게 관심 두기랑 투자자에게 질문하기가 비슷한 영역의 이야기 아닌가?

B : 달라. 투자자에게 관심을 가져야 하는 건, 투자자마다 흥미가 다르기 때문이야. 투자 스타일도 다르고, 선호하는 투자처도 다르고. 그런 부분을 알면 대화를 풀어나갈 때 도움이 돼. "어디에 투자한 것으로 알고 있는데, 거기 대표를 만난 적 있다" 뭐 이런 얘기로, '나는 당신에게 관심이 있다'라는 걸 알리는 거지. 대화가 더 잘 풀릴 거야.

P : 굿굿. 질문한다는 건 뭘 질문한다는 거지?

B : 폴의 사업에 관해서 투자자에게 의견을 묻는 거지. 그럼 그

투자자는 폴의 사업에 대해 고민하게 되고, 본인이 생각하는 거, 알고 있는 걸 얘기할 거야. 그럼 그 투자자가 일부 사업에 in을 하게 되는 것과 같지. 미약하게나마 심리적으로 연결이 되는 거지.

P : 아하. 투자자의 반응을 끌어내는 거구나. 투자자가 주는 의견을 참고해서 사업에 도입하거나 사업을 풀어나가면 그런 부분에서 투자자가 애착을 느낄 것 같은데?

B : 맞아, 그거야. 그리고 마지막은 비전 보여주기.

P : 사업의 비전을 보여주라 그거지? 근데 그건 당연한 거 아냐?

B : 음, 그럼 이렇게 표현해 볼게. 비전을 강조하기.

P : 단순히 비전을 소개하는 게 아니라 비전을 강조한다?

B : 돈에 관해서는 투자자가 사업가보다 더 잘 알아. 돈이 되는 사업이 뭔지도 투자자가 더 잘 알고. 근데 그런 부분을 갖고 내 사업을 강조하면 투자자가 알고 있는 다른 사업과 비교가 될 거야. 겉으로 내색은 안 하지만 머릿속으로 계산을 하겠지.

P : 하긴 투자자는 사업가들을 많이 만나고, 그들로부터 사업 모델을 듣는 게 일이니까. 시장에 대해서도 더 잘 아는 부분도 있을 듯하고.

B : 사업가보다 사업의 시장을 잘 알지는 못할 수도 있겠지만, 전 *167*

체적인 그림이나 시장에 관해서는 더 잘 알겠지. 매일 시장을 보고 그 안에서 일어날 사업 모델을 평가하는 게 일이니까.

P : 그래서 비전을 강조하라는 거구나? 비전은 어떻게 보면 창업가가 갖는 고유한 스토리니까?

B : 맞아. 창업가의 고유한 스토리, 그리고 꿈을 투자자에게 알리는 게 더 어필하기에는 좋다는 거지. 물론 뜬구름 잡는 이야기만 하라는 건 아냐. 구체적인 숫자를 제시하며 사업을 소개하되, 비전을 강조하라는 거지.

P : 뜬구름 잡는 사업가도 많지.

B : 투자자가 원하는 건 비전이야. 그 비전에 투자자의 마음이 움직이거든.

투자를 받는다는 것

B : 투자를 받는다는 것에는 의미가 있어.

P : 어떤 의미?

B : 단순히 금전적인 투자를 받는 게 아니라는 거지.

P : 그럼? 다른 투자가 있는 거야?

B : 물론이지. 우리가 지금 투자유치를 하는 것으로 이렇게 얘기를 나누지만, 사실 투자를 금전을 유치하는 행위로만 봐서는 안돼. 더 넓은 의미로 투자를 정의하고, 기업의 리더로서 투자 유치를 할 수 있어야 해.

P : 어떤 의미지?

B : "리더라는 '중심'으로 자원을 끌어당기는 행위." 그게 넓은 의미의 투자유치야.

P : 리더라는 중심으로 자원을 끌어당긴다. 자원이란?

B : 사람, 돈, 기술, 기회 등 모든 것들. 모든 걸 중심으로 끌어당겨. 리더에게 모이게 하는 거, 그게 투자유치야.

P : 왠지 심오하군.

B : 시작은 사람인 것 같아. 리더에게 사람이 모이는 거야. 그러면 사람이 가진 능력, 기술, 돈, 기회가 따라 모이는 거지. 그렇게 조직이 성장하는 거.

P : 그렇겠다. 투자해달라고 하는 사람이 너무 저돌적으로 나오면 불편하잖아. 근데 마음을 먼저 얻으면 그런 부분이 사그라들 듯. 그리고 왠지 투자하고 싶은 마음이 들기도 하고.

B : 중요한 점이야. 매일 만나는 사람들이 투자해 달라고 하고, 챙겨 달라고 하고, 관심 가져 달라고 하면 얼마나 피곤하겠어? 그러니 그렇게 접근하지 않고, 인간적으로 접근하고 같은 편이 된다는 느낌을 주면 투자자가 좋아할 거야.

P : 좋아. 투자유치를 하는 게 단순히 돈을 받는 행위가 아니라, 사람을 끌어당기는 행위이다. 명심하겠어. 그렇게 정의하니까 부담도 덜하네.

B : 그럼. 상대를 돈으로 안 보니까. 인간적으로 먼저 보니까. 대하기도 편하지.

돈의 종류

B : 돈에도 종류가 있어. 사업가는 어떻게 쓰는 돈인지 잘 알아야 해. 그래야 책임질 수 있으니까.

P : 어떤 종류가 있지?

B : 우선 크게 두 종류로 나눌게. 갚아야 할 금액과 날짜가 정해져 있는 돈, 갚아야 할 금액과 날짜가 정해지지 않은 돈.

P : 금액과 날짜가 정해져 있느냐, 아니냐로 나누는군.

B : 어. 갚아야 할 금액과 날짜가 정해진 돈은 그 금액을 정확한 날에 입금해야 해. 고맙다고 더 줄 필요도 없고, 덜 주면 절대 안 되고. 그리고 되도록 오전에 갚는 게 좋아. 그래야 투자한 사람이 다음에 또 돈을 투자할 확률이 높거든.

P : 오전에 갚으면 다음에 투자할 확률이 높다?

B : 오후가 넘어가면 신경 쓰여. '연락을 또 해야 하나' 그런 생각을 하는 거지. 그러니까 오전에 갚는 게 최고야. 그리고 그렇게 신뢰를 쌓으면, 다음에 그 투자자가 또 투자하게 돼. 돈을 버는데 투자 안 할 이유가 있나?

P : 그렇겠네. 그리고 투자를 하는 처지에서도 돈으로 신뢰를 쌓은 곳과 반복해서 금전 거래를 하는 게 더 편할 거 아냐. 새로운 업체나 사람이면 그곳을 또 분석하고 해야 하니까.

B : 그렇지. 그래서 돈이란 건 잘 유통하면 저절로 커져.

P : 잘 유통한다? 잘 쓰고 잘 갚으란 건가?

B : 어. 우리가 자영업을 기업으로 만드는 논리가 뭐지?

P : 투자를 반복해서 받고, 그 과정에 KPI를 올리는 거.

B : 그렇지. 투자를 반복해서 받을 수 있으면, 반복하는 동안 투자금이 커져. 돈이라는 게 회사로 들어갔다 나오면 금액이 더 커져서 나오거든. 그럼 그 회사에 투자하고 싶은 사람들이 늘어나겠지?

P : 아, 그러니까 잘 유통하라는 건 돈을 쓰고 회사에서 가치를 만들어서 돈을 불리고, 불어난 돈 일부를 투자자와 계약에 맞게 나눈다. 그리고 다음 투자 규모를 키우고, 돈을 더 벌고, 돈을 더 나누고, 이런 걸 반복하는 거네.

B : 정확해. 근데 유통이 잘 안 되는 경우를 보자.

P : 돈이 회사로 들어갔는데, 잘 안 나가는 경우인가?

B : 어. 잘 들어가고 잘 나가야 하는데, 나갈 때 막혔어. 계약한 방식대로 상환을 못 하는 상황이 발생한 거지. 그럼 투자자는 다

음에 그 회사에 투자할까?

P : 안 할 확률이 높을 것 같은데? 불안해서? 신뢰를 안 지켜서?

B : 맞아. 아주 많은 사업가가 이 부분에서 실패해. 어중간한 계약으로 얼버무리면서 돈을 벌게 해주겠다고 돈을 쓰고, 제대로 사업 보고도 안 하고, 제날짜에 갚지도 않고.

P : 투자자 화나겠는데?

B : 그렇지. 그럼 사업가 입장에서는 그 투자자를 잃는 거야. 투자자 한 명을 얻는 비용이 꽤 클 거거든. 시간, 에너지, 정성 등. 근데 새로운 투자자를 또 얻어야 해. 그리고 그 투자자에게도 신뢰를 못 지킨다? 그럼 결국 어떤 사업도 만들 수 없어. 다 잃을 거니까. 그렇게 일을 만드는 게 습관화되어버린 거야. 창업가가 말이야.

P : 반대로 신뢰가 쌓이면, 투자자들이 늘어나고, 투자자를 얻는 비용이 줄어들 수도 있겠네. 소문 듣고 혹은 소개를 통해 투자에 참여하는 사람들이 늘어날 테니.

B : 그렇지. 그래서 돈을 잘 유통해야 해. 돈은 돌고 돌면서 커지거든.

P : 굿굿! 다른 돈도 있었잖아. 금액과 날짜가 정해져 있지 않은 돈.

B : 어. 갚아야 할 금액 및 날짜가 안 정해진 돈은 좀 더 장기적인 기간을 두고 미래의 어떤 시점에 크게 돌려줘야 해.

P : 그건 어떤 돈인데? 그렇게 쓰는 돈도 있나?

B : 주식이지. 앞에 얘기한 건 대여금이나 채권이고. 지금 얘기한 건 주식이야.

P : 아, 그러니까 대여금이나 채권은 정해진 날짜에 약속한 금액으로 계약하는 거고, 주식은 정해진 날짜와 금액이 없는 거네. 하긴 주식은 변동성도 있고 하니까.

B : 주식은 소유권을 사는 거야. 그 소유권의 특징은 사업가와 동업자의 관점에서 사업의 소유권을 보유하는 거거든. 사업이 망하면 소유권도 없어지는 거고, 사업이 잘되면 소유권을 통해 수익을 보는 거고.

P : 투자자 관점에서는 대여금이나 채권이 더 좋은 거 아닌가? 정확한 금액과 날짜가 있으니, 자금 굴리기 편할 것 같은데.

B : 자금 굴리기는 그렇지. 대여금이나 채권은 정확한 금액과 날짜를 갖고 돈을 굴린다는 게 투자자 관점에서는 장점이야. 어떻게 돈이 움직일지 주식보다 눈에 뚜렷하게 보이지.

P : 주식은 그런 게 없으니까. 그런데도 주식으로 투자하는 건 수익률 때문인가? 더 큰 수익을 창출할 수 있다는.

B : 맞아. 대여나 채권은 법정 최고 이자율이 정해져 있어. 주식에는 그게 없고. 그래서 몇만, 몇십만 퍼센트 수익도 가능한 곳이 주식이지.

P : 우리 시뮬레이션에서 계산해 보니 그 퍼센트의 의미가 이해가 되네. 초기 투자해서 유니콘 정도 만들어지면 그렇게 되는 거잖아.

B : 그렇지.

P : 정리 한번 해 볼게. 갚을 돈과 날짜가 정해진 거. 이게 대여금과 채권. 갚을 돈과 날짜가 정해져 있지 않은 거. 그렇지만 창업자 처지에서 큰 수익률을 만들어야 하는 부담이 있는 거. 이게 주식. 망하면 완전히 망할 수도 있는 거.

B : 굿굿.

Tip

돈의 두 가지 종류

기간과 이자가 정해져 있는 돈 : 대여금, 채권

기간과 이자가 정해져 있지 않은 돈 : 주식

엑시트

B : 주식으로 투자를 받을 때는 투자자의 엑시트 플랜을 세워야 해.

P : 엑시트? 돈을 빼주는 개념인가?

B : 수익과 함께 투자금을 회수시켜주는 개념이지. 투자자도 언젠가는 돈을 받아가야 할 거 아냐.

P : 그렇겠네. 돈을 주식으로 계속 갖고만 있을 수는 없으니까. 보통 어떻게 엑시트 플랜을 짜지?

B : M&A나 상장을 통해서 엑시트를 시켜주는 게 제일 좋지. M&A나 상장을 했다는 건 회사가 성장하는 과정에 다른 회사에 팔렸다거나, 더 크게 성장할 여지가 있다는 거니까.

P : 별 소득 없이 엑시트를 할 수도 있겠네? 최악의 경우에는 엑시트가 안 될 수도 있겠고. 회사가 망하면 엑시트를 할 수 없잖아.

B : 회사가 망하면 청산 과정을 거치는데, 보통은 거의 잃는다고 보면 돼. 청산해도 남는 게 없을 거거든. 그래서 주식은 투자자

관점에서 리스크가 꽤 큰 투자야.

P : 창업가로서 어깨가 무겁네.

B : 회사가 유지는 되지만 돈을 못 버는 때도 있잖아. 그럼 주식을 산 가격보다 낮은 가격에 팔아야 할 때도 있어. 투자자는 손해를 보고 현금화하는 거야.

P : 오케이. 엑시트 플랜을 세운다는 건 기간도 정하는 거 아닌가? 언제 돈을 회수할 수 있을지 투자자들이 알아야 할 것 같은데. 대략적으로라도 말이야.

B : 그렇지. 대신 주식이라면 창업가 관점에서는 길게 잡는 게 좋아. 사업이 1, 2년 안에 원하는 만큼 성장을 뚝딱뚝딱 해내는 게 아니거든. 5년, 7년 정도를 투자자에게 제안하고, 충분히 장기투자를 하게끔 해야 해. 그 사이에 창업가는 열심히 뛰어야지.

P : 5년에서 7년이면 꽤 긴 기간인데? 투자자들 관점에서 재미없는 거 아냐?

B : 그렇지. 매매를 활발하게 할 수 있는 것도 아니고, 한 번 사 놓고 한참 기다려야 하니까. 그래서 스타트업 투자, 비상장 투자가 어려운 거야. 많이 하지도 않고.

P : 우린 그런 상황에서 투자를 받아야 하는 거니까. 그만큼 투자를 받기도 어렵다는 얘기로 들리네.

B : 어렵지. 그래서 중간에 채권으로 재미를 볼 수 있게 하는 것도 좋아.

P : 어떻게? 채권으로 재미를 보게 한다?

B : 어. 회사에 추가 자금이 필요할 때, 기존 주주들에게 채권을 발행하고, 이자를 잘 드리는 거. 은행보다 높은 이자로. 그럼 투자자도 좋지.

P : 아하. 주식투자 기간은 기니까, 중간에 이자를 받을 수 있는 다른 투자를 넣어서 투자자들이 투자할 수 있게 하는 거구나?

B : 어. 회사에는 자금이 반복해서 필요하거든. 그걸 쓰고, 더 큰 매출 기회를 잡고, 매출을 내고. 그런 과정에 투자자들이 활발하게 참여하는 거.

P : 회사가 성장하는 이야기나 뉴스거리를 주면서 소통하고, 거기에 종종 투자를 통해 이익을 볼 수 있게 하는 거네. 투자자 관점에서 재미를 느낀다는 게 어떤 의미인지 알겠다.

B : 어. 주식은 최종적으로 5년에서 7년 정도 투자를 하고, 이후 배당을 제공하거나, 다음 펀드로 갈아타면서 회수를 시키거나, 주식을 팔 수 있는 상장을 통해 투자자가 빠져나갈 수 있게 해야 해.

P : 다음 펀드로 갈아탄다는 건 무슨 의미야?

B : 투자자들이 보유하고 있는 주식들을 어떤 투자회사에서 사 간다는 의미야. 투자자는 더 못 기다리는 때도 있거든. 그럴 때 다른 투자회사에서 그 투자자의 주식을 사 가는 거지.

P : 그런 펀드도 있구나? 괜찮은 방법이네.

B : 글쎄. 기존 투자자가 수익을 내고 빠지면 괜찮은데, 못 내고 빠질 수도 있으니까.

P : 그래서 M&A나 상장을 통해 엑시트를 하는 게 제일 좋다고 했군. 어중간한 성장 상태에서 기존 주주가 빠질 확률이 있으니.

B : M&A나 상장을 통해 엑시트하면 확실히 벌고 빠지니까. 최 고지.

금전대차계약

P : 질문. 금전대차는 일반 투자랑 다른 건가?

B : 금전대차계약을 통한 자금 이동이 '대여금'이거든. '투자'와 는 성격이 좀 달라. 원래 투자는 실패의 위험을 안고 하는 거잖 아. 근데 금전대차는 돈을 빌려 쓰는 사람에게 원금 상환의 의무 가 부여돼. 그러니 원금을 꼭 갚아야 하는 거지.

P : 그럼 금전대차가 아닌 형태의 투자는 원금을 꼭 갚아야 하 는 건 아니네?

B : 글쎄. 사업이 그렇잖아. 실패 요인을 안고 가는 거. 그래서 원 금을 날릴 수도 있는 거지. 그렇지만 책임을 다해야 해. 사업가 라면 투자자의 돈을 귀하게 여겨야지.

P : 오케이, 금전대차계약이 이루어질 경우에는 원금을 갚아야 하는 거고. 이자가 있겠지?

B : 어, 이자가 있지. 21년 초까지는 연 최대 24%였는데, 21년 중 반부터 연 최대 20%로 바뀌었어. 그게 투자에 대한 수익인 거 지. 그리고 이자를 정해두고 계약을 하고. 우리는 투자유치 할

때 돈을 크게 세 개로 구분해. 대여, 채권, 주식.

P : 대여랑 채권은 정해진 이자, 투자 기간이 확정된 형태의 투자. 주식은 사업의 소유권을 갖는 형태의 투자이며, 정해진 이자, 투자 기간이 확정되어 있지 않음. 맞지?

B : 어.

P : 사업 초기에는 돈을 써보는 경험을 해보라고 했잖아. 그래서 대여금으로 투자를 받아보라 했고. 대여금이 금전대차이고. 근데 왜 대여금으로 먼저 돈을 써보라고 하는 거지?

B : 돈을 쓰는 기간과 이자가 정해져 있으니까, 투자자도 돈이 움직이는 그림을 그릴 수 있고, 사업가도 어떻게 책임을 져야 하는지 명확히 알잖아. 정해진 대로 약속을 지키면 되니까 서로 편한 거지. 근데 소유권을 갖는 주식은 어떻게 책임을 질 수 있는지 모호해.

P : 투자 수익이 많이 창출되는 거 아닌가? 어떤 게 모호하다는 거지?

B : 사업가 관점에서 투자자를 책임진다는 건 더 큰 자금으로 회수해 준다는 거거든. 근데 회수를 해주기까지 기간이 오래 걸려. 그 기간을 경험이 없는 일반 개인 투자자가 견디기 어렵고. 그러다 보면 리더에게 묻게 되지. "내 돈 어떻게 되고 있냐"고. 그 질

문들이 투자자들에게서 들어오기 시작하면 리더의 정신력이 바닥을 치지.

P : 부담스러울 거니까.

B : 사업가는 어떻게든 책임을 지고 싶은데, 아직 사업의 성과는 안 나고, 그럼 그때부터 개인 돈을 빼주는 때도 있거든. 투자자들 주식을 리더가 갖고 오거나, 다른 사람에게 양도하게 하거나.

P : 아하. 대여금의 경우는 단순하게 무엇을 얻고, 무엇을 줘야 하는지 명확한데, 주식은 기간도 길고 수익금이 나오는 시기가 명확하지 않으니, 그리고 투자자와 관계가 꼬일 수 있으니 자금을 운용하고 투자자를 관리하는 게 쉽지 않다, 그거네.

B : 그렇지. 사업가 처지에서는 사업을 열심히 하고 있는데 투자자가 몰라주니까 억울한 거거든. 그래서 투자자를 원망하게 되고.

P : 대여금 형태로는 받고 관리하기가 쉽지만, 주식은 관리하기가 어렵다. 오케이. 그러니 대여금으로 먼저 돈을 써보라.

B : 어. 어떻게 엑시트하는지 확실히 보이니까.

전환사채[19], 상환전환우선주[20]

B : 주식회사는 다양한 자원을 담을 수 있게 그릇을 만들어둬야 해.

P : 그렇지. 인재, 돈, 주주, 아이템 같은 것들.

B : 어떤 그릇이냐에 따라 그런 자원을 담을 수도 있고, 담긴 자원이 튕겨 나갈 수도 있지.

P : 전에 그런 얘기 한 적 있잖아. '돈을 담는 그릇', 돈을 담는 그릇이란 건 어떤 의미일까?

B : 돈을 받아서 쓰는 주체가 있을 거고, 쓸 대상이 있을 거고, 어떻게 보상할지 계약 내용이 있겠네.

P : 우리가 얘기한 금전대차는 어떻게 보상할지 계약에 관한 거지?

---

19 주식으로 전환할 수 있는 채권
20 Redeemable, Convertible, Preferred Stock. 상환권, 전환권, 우선권을 가진 주식. 투자자는 상환권을 행사하여 특정 기간 후 현금으로 회수 가능.

B : 맞아. 그리고 채권, 주식 중에 이걸 꼭 애기해야겠다. 중요한 건데 빠진 게 있어.

P : 어떤?

B : 채권과 주식의 변형된 형태.

P : 변형된 형태?

B : 어, 변형된 형태. 채권 중에는 주식으로 바꿀 수 있는 채권이 있고, 주식 중에는 채권화할 수 있는 주식이 있지.

P : 뭐야? 언뜻 들으면 그게 그거인 것 같은데? 채권이면서 주식이고, 주식이면서 채권이고.

B : 응 전환사채라는 건 채권인데 주식으로 바꿀 수 있고, 상환전환우선주는 주식인데 채권처럼 현금화할 수 있지. 크게 이 두 개만 알면 돼. 전환사채, 상환전환우선주. 자주 쓰는 형태의 투자이거든.

P : 둘 다 들어본 거야.

B : 물론. 투자자 관점에서 우리가 전환사채와 상환전환우선주를 투자한 사례가 있잖아.

P : 맞네. 근데 그때 한 회사에 두 건이 동시에 들어갔잖아. 그건 왜 그렇게 설계한 거야?

B : 전환사채는 이자 측면에서 투자자들에게 바로 장점을 줄 수

있어. 보통 스타트업 주식투자라고 하면, 몇 년 동안 투자자가 손가락 빨고 있어야 하는데, 전환사채는 이자를 계약한 시점마다 받을 수 있다는 장점이 있지. 근데 전환사채만 발행하면 회사에 부담이 될 수 있으니, 상환전환우선주를 같이 발행해서, 투자자가 가질 수 있는 장점과 회사가 가질 수 있는 장점을 맞춘 거야.

P : 오, 완전 전문가인데? 회사와 투자자에 맞는 형태로 투자를 설계한 거잖아.

B : 일반 투자자가 투자할 수 있을 만한 구조를 만들어서, 투자자에게 투자 부담을 덜고, 회사도 감당할 수 있을 만큼의 이자를 지급하고, 차후 상환 안 하고 주식으로 전환할 수 있는 상환전환우선주를 같이 발행함으로써, 회사 부담을 또 줄이고.

P : 이런 건 어디서 배운 거야?

B : 뭘 배워, 이런 건 가르쳐 주는 데 없어. 투자 계약의 원리, 기업 성장의 원리, 투자자의 심리 같은 걸 종합적으로 탐구하면서 알게 된 것들에 창의성을 가미한 거지.

P : 강력한 무기야. 백억짜리 대화를 꾸준히 하면 자연스레 습득된다 이거 아냐? 우리가 지금 그걸 하는 거고.

B : 그렇지. 그리고 이 지식을 사업가 관점에서 잘 활용하면 기업으로 갈 수 있는 거.

185

P : 무작정 돈을 받는 게 아니라, 시기와 상황에 맞게, 투자자와 회사가 감당할 수 있는 금전 거래를 할 수 있으니까.

B : 역시 정리는 폴이 최고야.

투자 잘못 받은 이야기

B : 내 경험담 하나 풀게.

P : 뭐지?

B : 투자를 잘못 받은 사례.

P : 어떤 사례지?

B : AEP.

P : 아하. 근데 AEP 다른 사업으로 가잖아.

B : 어. 우리 스마트오더 사업 지사 이름에 AEP를 붙였잖아. Never give up! 어떤 사업이건 절대 포기하지 않아.

P : 굿굿. 예전 AEP 때 어땠는데?

B : 그때 블록체인 비즈니스였지.

P : 18년 가을?

B : 어. 18년도 이야기야. 그때 5월 정도에 투자를 받았어. 개인 투자자들로부터. 근데 블록체인이 암호화폐 쪽이잖아. 암호화폐 는 ICO라고 해서, IPO와 유사한 이름으로 코인을 발행했지. 암 호화폐나 블록체인 시장에서도 인정하는 부분은 있지만, 지금

와서 생각해 보면 참 허술한 부분도 많았어.

P : ICO[21]? IPO[22]?

B : ICO는 암호화폐를 발행하는 개념이야. IPO는 상장의 방식이고. 하여튼 그때 5월에 투자받고 투자 결과를 12월에 뽑는다고 했어. ICO를 해서 5월에 투자한 투자금이 11월에 회수되는 형태로.

P : 그게 가능하다고 계산했던 거 아냐?

B : 암호화폐 시장에서는 가능성이 있었지. 근데 돌이켜 생각해 보면, 사업의 성장이라는 큰 틀에서 보면 암호화폐건 뭐건 말이 안 되는 형태의 투자였어. 설계를 잘못한 거지.

P : 왜?

B : 투자는 가치창출에 기반해야 하는 게 정석이야. 가치창출은 고객에게 어떤 제품이나 서비스가 나가고, 거기서 고객이 값을 치르고, 기업은 수익으로 창출한 일부를 투자자에게 환원하는 형태로 나가야 해. 근데 5월에 투자하고, '지분'의 가치를 11월에

---

21 Initial Coin Offering. 암호화폐를 발행하는 것.
22 Initial Public Offering. 기업공개. 상장의 방식 중 하나. 기업은 IPO를 통해 자금을 조달하고, 회사의 주식을 상장시장에 공개한다.

끌어올리고 엑시트를 한다는 게 말이 안 됐던 거지.

P : 아하. 사업 모델이 없었나?

B : 모델은 있었어. 그게 지금까지 정교하게 만들어진 거고. 문제는 투자 설계야. 더 장기적 관점에서 지분 형태의 투자를 설계했어야 했어. 최소 3년이고, 5~7년 정도에 성과를 엑시트 하게끔.

P : 하긴 5월에서 11월이면 몇 달 되지도 않는 기간이니까.

B : 미친 거지. 첫 번째로 투자 기간을 잘못 잡은 것. 다음은 계약 방식인데, 정확히 주식으로 계약을 해야 했는데, 그런 내용이 모호했지. 주식으로 계약을 했던 거면 투자자가 일방적으로 회수할 수 없거든.

P : 아, 그래?

B : 그렇지. 상법은 계약 쌍방을 보호해야 하니까. 회사도 보호하고 투자자도 보호하고. 그래서 계약이 존재하는 거고. 주식은 소유권을 갖는 거기 때문에 회사에다 "이거 팔 테니 도로 사 가세요." 이럴 수 없는 거야.

P : 그렇지. 만약 그게 된다면 회사에 악재가 있을 때 돈을 다 빼 달라고 할 거 아냐.

B : 어. 그래서 개인은 비상장으로 투자하기 어려운 거고. 상장은 쉬워. 투자자 간에 주식을 사고파는 거니까. 시장 자체도 크고.

안 팔려도 조금 낮춰서 내놓으면 팔리잖아.

P : 맞아. 비상장은 그게 안 되니까.

B : 그런데도, 몇몇 투자자들의 돈을 뺐지. 개인적으로 타격이 컸어. 사비로 돈이 나갔으니까.

P : 허허. 꼭 그래야 했나?

B : 책임을 지고 싶었으니까. 물론 아직도 갖고 계신 분이 있는데, 별도로 보답을 할 계획이야.

P : 그래야지. 그게 상도지.

B : 그러니까, 투자라는 게 어떻게 설계하느냐에 따라 실패가 적을 수도 있고, 클 수도 있다고 봐. 진짜 창업가라면 자신을 믿어준 사람에게 보답하는 게 미션이니까. 이렇게 얘기하는 게 애매할 수도 있는데, 어떻게든 다른 형태로 보답을 하는 거지.

P : 자 그럼 결론. 밥은 창업가일 때 투자를 잘못 설계해서 실패했다는 거네? 그게 투자 기간을 잘못 설정했고, 지분투자 계약을 잘못했고?

B : 맞아. 투자 계약 방식을 몰랐던 거야. 그러니까 이런 건 비싼 수업료 내기 전에 미리 공부해도 좋을 듯.

P : 근데, AEP가 뭐지?

B : AEP는 Aurum Est Potestas의 약자야. 라틴어인데, '금은

힘이다'라는 뜻이 있어.

P : 금은 힘이다. 멋진데? 어떻게 이렇게 이름 짓게 된 거야?

B : 앞으로의 시대에 '황금'은 뭘까를 탐구했지.

P : 뭔데?

B : 스타트업 주식.

P : 아하. AEP의 사업이 지금까지 이어져 온 거네.

B : 그렇지. 이제 세상의 변화와 혁신은 스타트업이 리드할 거야. 우린 스타트업의 주식을 새로운 시대의 '황금'으로 봤어. 그래서 AEP야.

P : 굿굿!

투자 라운드

B : 자영업이 기업으로 성장하는 과정은?

P : 투자를 반복해서 받는다. KPI를 올린다.

B : 맞아. 투자를 반복해서 받는데 그걸 단계로 표현하거든. '투자 라운드'라고 불러.

P : 단계별로 투자를 받는다?

B : 어. 투자 라운드는 시드부터 시작해.

Seed - Angel - Pre (Series) A - Series A - Series B - Series C - Pre IPO - IPO

시드부터 IPO까지. 단계별로 투자받는 금액이 다르고. 뒤로 갈수록 투자금액이 커지지.

P : 금액이 어떻게 차이 나는데? 정해진 거야?

B : 정해진 건 아니고. 많이 달라. 예를 들어 시리즈 A 투자인데, 10억을 받을 때도 있고, 100억을 받을 때도 있어. 대충 잡아보면 Seed나 Angel에서 3천에서 3억. 시리즈 C 정도 되면 100억에서 1,000억. 1,000억 넘는 때도 있고. 최근에 야놀자가 2조 투

자받은 거 알지? 야놀자가 시리즈 C나 D 정도 될 거야.

P : 2조라니, 엄청난데?

B : 야놀자 관련 책도 있나? 야놀자 창업자 이수진 대표도 자수성가형이거든. 아직 없는 것 같은데, 나중에 나오면 읽어보고 싶네.

P : 그러게, 궁금하네.

B : 그리고 투자 라운드는 기업의 성장 지표로도 볼 수 있어. 어느 투자 라운드에 있는지 알면 어떤 성장 과정을 밟고 있는지도 알 수 있지.

P : 예를 들면?

B : 엔젤에서 Pre A 구간에 있는 회사라면 데스밸리에 있겠구나, 시리즈 A 투자를 받은 회사면 앞으로 치고 나갈 확률이 높겠구나, 시리즈 C 정도 되면 이제 서비스를 수익화하겠구나, 영업이익을 뽑겠구나 하는 식으로 말이야.

P : 창업가나 투자자 관점에서 다 알아두면 좋을 만한 정보인 것 같아. 성장 지표가 될 수 있다니 말이야.

B : 예를 들어 Pre A 라운드에 있는데, 투자를 유치하고 있어. 그럼 그 회사가 갖춰야 할 기준 같은 걸 파악할 수 있지. Pre A 정도 되면 투자 규모가 3억에서 10억 정도 갈 거니까, 그 정도 투

자로 다음 라운드로 갈 수 있을까 하는 거. 5억을 투자하면 다음 라운드로 넘어갈 수 있을 정도의 지표를 만들 수 있는가 없는가를 보는 거야.

P : 밥도 기준 같은 게 있어?

B : 난 Pre A 라운드에서 시스템을 특히 중요하게 봐. 그래서 늘 주장하고 다니는 게 '아이템보다 시스템' 이거야.

P : 아이템보다 시스템?

B : 스타트업은 '피벗'을 하거든. 사업 모델이 바뀐다는 뜻이야. 그러다 보니 아이템에 너무 집착할 필요는 없다는 거고, 중요한 건 운영 시스템이야. 좋은 시스템 위에 가능성 있는 아이템이 올라가야 아이템이 빛을 발할 수 있는데, 간혹 아이템에만 집착하는 사업가나, 아이템만 보고 투자하는 투자자도 있더라고. 아, 이건 팁으로, 투자자와 소통 시스템이 잘 잡혀 있는지도 투자자가 판단하면 좋아. 투자 계약 시 절차 같은 것도 시스템이라고 할 수 있거든.

투자 라운드

〈Seed – Angel – Pre (Series) A – Series A – Series B – Series C – Pre IPO – IPO〉

엔젤에서 Pre A 라운드가 데스벨리 구간에 속해요. 창업 1~3년 차입니다. 물론, 데스벨리가 더 오래 지속될 수도 있습니다. Pre A 라운드에서 3억 ~ 10억 규모의 투자를 받게 되는데, Pre A 투자유치에 성공하면 사업의 성공 확률이 오릅니다. 데스벨리에서 Pre A 투자를 유치했다는 건 투자자 혹은 투자기관이 회사의 성장 가능성을 인정했다는 거니까요. Pre A 투자를 받은 회사는 Series A 투자유치가 조금 더 수월해집니다.

피벗

B : 자영업자가 처음 시도하는 사업 모델 혹은 처음 기획한 사업 모델로 기업이 될 수 있을까?

P : 될 수도 있고, 안 될 수도 있을 것 같은데? 우선 시장에 있는 흔한 사업 모델로는 기업으로 가기 어려울 것 같아. 그러다 보면 사업 모델이 바뀌어야 할 거고. 얘기하다 보니 안 될 확률이 더 높다고 판단되는데?

B : 그럴 거야. 그래서 리더와 조직은 피벗 역량을 갖춰야 해.

P : 피벗 역량?

B : 앞에 잠깐 얘기했잖아. 사업 모델을 일부 바꾸는 게 피벗이거든. 피벗 (Pivot)은 동사로 '중심축을 바꾼다'라는 뜻이야.

P : 피벗, 중심축을 바꾼다. 오케이. 스타트업 업계에서 쓰는 피벗팅이 거기서 나온 말이구나?

B : 피벗 한다고 해도 되고 피벗팅이라 해도 되지. 피벗팅 (Pivoting)은 '피벗을 하는, 피벗을 하는 것'으로 명사화된 의미이고.

P : 좋아. 자영업자에게도 피벗 역량이 있어야 한다는 거지?

B : 그렇지. 하나의 사업에 목멜 필요 없다는 거.

P : 근데 보통은 시작한 일에서 끝장을 봐야 한다고 생각하잖아. 그렇지 않나? 사업하는 사람들 보면 그렇던데? 그래서 고집 있다고도 하고, 뚝심 있다고도 하고.

B : 끝장을 봐야 한다고 생각하지. 그러다 자기가 끝장나는 때도 있잖아?

P : 하하. 그러게. 그러고 보면 뚝심과 고집은 구분되어야 할 듯.

B : 난 원칙과 고집을 구분하라고 하거든. 뚝심과도 구분되어야겠네.

P : 사업을 하는 사람이라면 언제 고집을 부릴지, 언제 변화를 줄지 잘 파악해야겠네.

B : 어, 그게 피벗 역량이지. 그리고 창업가, 투자자 모두 피벗을 통해 고객에게 유의미한 서비스를 전달할 수 있다는 걸 알아야 해. 그리고 그렇게 유의미한 서비스가 통할 때 서비스나 제품이 대박이 나는 거고.

P : 고객에게 유의미한 서비스를 전달한다. 좋은 표현이네. 그럼 고집부리는 경우를 고객에게 무의미한 서비스를 제공한다고 해도 괜찮을까?

197

B : 좋네. 고객이 필요하지 않은 걸 고객에게 팔기 위해 사업화하는 거. 사업가는 그걸 경계해야 해.

P : 오케이. 아니라고 판단되면 피벗을 해야 하는 거고. 맞지?

B : 어. 사업의 중심축을 빠르게 바꿔야 해. 피벗을 통해 고객이 원하는 걸 찾아야지.

P : 근데 그 피벗의 범위가 모호한 것 같아. 어디까지 바꾸는 거야?

B : '본질은 지키되, 그 본질을 고객에게 제공하는 방식을 바꾼다.' 이렇게 표현하면 정도가 구분될 것 같은데?

P : 굿굿! 피벗을 못한다는 건, 왠지 침몰하는 배에 타고 있는 것 같아.

B : 그러게. 그리고 방향 즉, 배의 머리를 바꾸는 것도 포함하자. 침몰하지 않기 위해 노를 계속 저으면서 뱃머리를 돌리는 거. 그게 피벗이야.

P : 이렇게 얘기하다 보니 피벗이 잘 정의되네. 우선 가야 할 목적지가 있어. 바다에 떠 있기만 해서는 안 되는 거지. 그 목적지로 가기 위해 끊임없이 노를 젓고 필요에 따라 뱃머리를 조정하는 거.

B : 역시, 정리는 폴이야. 깔끔해.

투자유치에 실패할 경우, 기승전돈

B : 회사를 세우고, 6개월 뒤에 투자를 받겠다는 계획을 세웠어.

P : 어.

B : 근데 투자유치에 실패한 거야.

P : 오케이.

B : 그럼 다음은 뭐지? 회사를 이끌어가는 리더로서 폴은 뭘 해야 해?

P : 포기하지 말아야지. 투자유치 계획을 새로 짜고, 다시 시도한다?

B : 전반적인 걸 다 검토해야 해.

P : 어떤?

B : 사업 모델이 괜찮은지, 성장성이 있는 사업인지, 그 사업을 표현하는 방식이 올바른지, 다르게 표현해야 더 잘 표현하는 건 아닌지, 투자 미팅 시 폴이 사업을 소개하는 능력이 충분한지, 제대로 언어를 구사하는지, 투자자에게 호감이 가는 리더로 보이는지, 충분한 수의 투자자를 만났는지 등등.

P : 말 그대로 전부네.

B : 그리고 중요한 거 하나.

P : 뭐?

B : '돈이 없어서 사업을 못 만든다'라는 프레임에 빠지면 안 돼.

P : 아하, 투자를 못 받았기 때문에 사업을 못 만든다고 생각하면 안 된다는 거군?

B : 그렇지. 폴은 투자를 받든 못 받든, 돈이 없는 상태에서도 팀을 리드하고 목표한 걸 만들어내는 방법을 찾아야만 해.

P : 그게 가능한가?

B : 가능해. 그러니까 투자유치에 실패하면 두 개를 하는 거야. 첫째, 사람, 사업, 상황 전체를 다 점검한다. 둘째, 있는 자원으로 목표한 곳에 도달하기 위해 지혜를 짜낸다.

P : 지혜를 짜낸다?

B : 그게 리더의 역량이지. 지혜를 갖고 문제를 풀어내는 능력. 그 능력이 발달할수록 투자유치가 잘 될 거야. 근데 리더들이 놓치는 게 있거든. '기승전돈' 프레임에 갇히면, 답이 없어.

P : 기승전돈 프레임에 갇힌다. 어떤 의미인지 감이 온다. 사업을 못 만드는 이유가 결국 돈 때문이라고 생각하게 된다는 거잖아?

B : 그렇지. 이렇게 생각하는 거야. '투자만 받으면 해결할 수 있

는데' '투자금이 없어서 다음으로 못 간다' 기승전돈의 프레임에 갇힌 거지.

P : 경계해야 할 부분이네.

B : 들어봐. 회사에 운영자금이 바닥나고 있어. 근데 돈 들어올 곳이 없어. 월급, 월세, 개발비 압박을 종일 느낄 거야. 자기 전에도, 주말에도. 그 상황에서도 지혜를 짜내야 한다고.

P : 하하. 엄청난 압박 속에서 지혜를 짜낸다. 웬만한 정신력 갖고는 안 될 것 같은데?

B : 그렇지. 그래서 성공한 기업가들이 대단한 거야. 전부 그런 경험을 갖고 결과를 만들어낸 거니까.

P : 하. 나도 할 수 있겠지?

B : 해야만 하지.

P : 그런 압박 속에서 지혜를 낸다는 게 현실적으로 쉽지 않을 것 같아. 그래서 사람들이 파산하고 폐업을 하는 게 아닐까?

B : 맞아. 포기하는 거지.

P : 그런 압박을 견뎌내는 방법이 있을까? 정신력을 강화하는 방법 말이야. 그 압박 속에서도 지혜를 짜내는 방법은?

B : 철학을 탐구해야 해.

P : 철학? 갑자기 웬 철학?

B : 철학은 폴을 보호하는 보호막이 될 거야. 어떤 어려움에도 굴하지 않는 리더가 되는 거.

P : 아리스토텔레스의 이론이 나의 보호막이 된다?

B : 아니. 폴의 철학이. 누군가 만들어놓은 철학 이론 말고, 폴의 내면에서 나온 이론, 지식, 지혜 그런 것들.

P : 철학적 사람이 되어야 한다는 거네. 나에게 어떤 철학이 있어야 한다는 거고. 맞지?

B : 그렇지. 그런 개념의 철학이지. 사업하는 사람들이 간과하는 게 있어.

P : 뭐?

B : 책 읽고, 논하고, 글 쓰는 거.

P : 아하. 바쁘니까 그렇지.

B : 쉽게 그렇게 비유하잖아. 도끼로 나무를 찍는 데 모든 시간을 쓸 거냐, 도끼를 가는 데 시간을 쓸 거냐.

P : 딱 와 닿는 비유네. 도끼로 가는 데 시간을 써야, 나무를 찍을 때 효율이 생기잖아.

B : 관성에 젖어서 하던 일만 바쁘게 하는 리더들도 많아. 그런 리더들은 학습 곡선이 우상향하지 못하고, 결론적으로 같은 자리를 맴돌게 되지.

P : 굿굿. 그런 리더에게는 투자할 수 없다고 얘기했는데, 이렇게 내용이 이어지네.

B : 어. 어려움은 반드시 닥쳐. 그러거나 말거나 읽고, 논하고, 쓰고, 갈 길 가. 그럼 견딜 수 있고, 결국 이뤄내게 돼.

P : 책 읽고, 토론하고, 글 쓴다. 공부라는 게 별거 아닌 것 같지만, 별거 아닌 게 아니네.

B : 어. 공부하고 지속 성장하는 리더, 다 안다고 배우지 않는 리더. 어디에 투자하겠어?

P : 공부하고 지속 성장하는 리더. 명확한 거지.

B : 굿굿!

Tip

데스벨리의 교훈

사업을 하다 보면 '기승전돈'의 프레임에 빠지게 돼요. "왜 사업이 안 풀리는가? 왜 사업이 앞으로 나가지 못하는가?"에 대한 대답이 "돈이 없어서"로 귀결되는 것이죠. '돈이 문제'라고 결론 내려지는 순간 사업을 이끌 어떤 인사이트나 지혜를 얻을 수 없어요. 보통 기승전돈의 프레임은 데스벨리에서 일어나요. 회사에 자금이 고갈된 상태입니다. 사

203

업가가 사업을 만들고 일으키는 능력은 갖추고 있는 자원이 부족하지만, 그 자원을 활용해 가치를 만들어내는 활동의 반복을 통해 만들어져요. 그러니 데스벨리에 있고 사업자금이 없다면, 최고의 교훈을 얻을 준비가 되어 있는 겁니다. 돈이 아니라 리더의 지혜로 사업의 어려움을 타개해 보세요. 데스벨리는 최고의 스승이 되어 가르침을 줄 것입니다.

투자자 관점에서의 기업 가치 상승 시뮬레이션

B : 자영업에서 기업으로 성장하는 과정에 투자자의 힘이 꼭 필요해.

P : 그렇지 투자를 받아야 하니까.

B : 그럼 투자자 관점에서 폴이 어떤 이익을 주기 때문에 투자자가 투자하는 거잖아.

P : 그렇지. 투자하고 더 많은 돈을 벌 수 있어야 해.

B : 폴은 투자자의 돈을 불리는 역할을 해.

P : 그렇지.

B : 기사 두 개 먼저 소개할게.

P : 어떤 기사지?

B : 한경에서 나온 기사야. 제목은 "200만원이 10년 만에 50억 됐다...카이스트, 교수 덕에 '잭팟'" 제목 어때?

P : 헐. 200만원이 50억이 됐다고?!

B : 어. 레인보우로보틱스라는 회사의 이야기야. 기사 내용 일부를 소개할게.

창업 직후 학교 측에 기증한 주식은 당시 200만원 상당에 불과했지만 10년 만에 50억 원으로 불어났다. … '레인보우로보틱스'를 창업하면서 회사 주식의 20%를 학교에 기증했다. … 오 명예교수는 휴보의 기술력을 계속 발전 및 고도화해온 끝에 올 2월 레인보우로보틱스를 코스닥 시장에 입성시켰다. 이에 따라 KAIST가 기증받을 당시 200만원 상당이던 주식 (400주)은 상장을 거쳐 50억 3,900여만 원에 달하는 거액의 발전기금이 됐다. …

P : 와, 엄청나네.

B : 기사에 주식의 20%를 학교에 기증했다고 했거든. 그게 200만 원이니까, 총 1천만 원짜리 자본금을 가진 주식회사를 설립했다고 할 수 있어. 그리고 설립하면서 혹은 설립 직후 20%를 대학에 기증했다고 할 수 있지. 그게 지금 가치로 50억이 된 거고.

P : 와.

B : 다음 기사는 "본엔젤스, 3억 투자 8년 만에 3,000억 회수… '배민' 매각으로 벤처캐피털도 '잭팟'" 역시 한경의 기사야.

P : 하하. 3억 투자하고 3천억을 회수했다고? 본엔젤스는 투자회사지?

B : 어. 엔젤 투자, Pre A 투자하는 투자회사야.

P : 와. 정말 감탄밖에 안 나오네. 앞에 우리가 얘기했던 시나리오가 실제로 존재하는 거잖아!?

B : 그렇지.

P : 실제 사례를 보니까 더 와 닿는 것 같아.

B : 레인보우로보틱스는 25만% 수익을 투자자에게 준 거고, 배달의민족은 10만% 수익을 투자자에게 안겨 준 거야.

P : 이게 정말 가능한 얘기구나.

B : 그렇지. 계산해 보자. 투자자 관점에서 폴에게 투자한 경우 수익 시뮬레이션.

P : 좋아. 내가 900주, 밥이 100주. 신주 발행을 통해 투자자가 100주를 매입한다고 하자.

B : 굿굿. 자본금 1천만 원. 액면가 1주에 1만 원. 신주 발행 시 발행가는 얼마로 하지?

P : 3만 원 하자.

B : 콜. 1주에 3만 원인데, 투자자가 100주를 사는 거니까, 300만 원을 투자하는 거군.

P : 어. 300만 원 투자 들어오고, 투자자 지분율은 9%가 되네.

B : 그렇지. 지분율 계산은 생략하자. 주식 가치가 어떻게 상승 207

하는지만 계산하게.

P : 좋아. 투자자가 들어오는 시점에 기업 가치는 3천만 원이 되네? 발행가 3만 원 곱하기 발행된 주식 수 1,000주 하면.

B : 그렇네. 회사를 설립할 때 자본금은 1천만 원. 투자자가 투자할 당시 3천만 원의 기업 가치. 다음 투자자가 들어올 때는 기업 가치를 10억으로 잡자. 베타를 만들어서 서비스를 시장에 내놓았다고 하고. 10억 가치 고고. 그럼 발행가가 얼마가 되어야 하지?

P : 발행가 91만 원이 되면 기업 가치 10억 1백만 원이 되네. 91만 원 곱하기 발행된 주식 수 1,100주는 10억 1백만 원.

B : 굿굿. 그럼 투자자의 주식 가치는 어떻게 바뀌지?

P : 투자자는 300만 원 투자했고, 100주를 보유하고 있어. 1주에 3만 원으로 투자한 거. 근데 그 3만 원이 91만 원이 됐어. 투자자의 주식 가치를 계산하려면 91만 원 곱하기 100주를 하면 되네.

B : 9,100만 원.

P : 9,100만 원!

B : 그렇지. 300만 원이 9,100만 원이 됐어. 여기서 끝내지 말고, 폴이 기업 가치를 500억으로 만들었다고 치자. 유니콘은 1조,

아직 멀었지만, 500억에서 투자자가 회수를 한다고 치고. 기업 가치 500억이면 발행가 얼마지?

P : 발행가 4천 6백만 원이 되니, 기업 가치 5백 6억 되네.

B : 그럼 투자자가 가진 주식 가치는?

P : 46억. 와우. 3백 투자해서 46억이라.

B : 어. 아까 레인보우로보틱스 사례랑 비슷하지? 2백이 50억이 됐으니까.

P : 근데 발행가가 4천 6백이면 말이 안 되는 거 아냐? 1주의 가치가 4천 6백이 된다? 그런 가격은 상장주식에서 보지 못 한 것 같은데?

B : 그렇지. 우린 계산을 단순화하기 위해 이렇게 한 거고, 회사가 자본금을 증자하거나, 무상증자를 통해 주주들의 주식 수를 늘리거나, 액면분할을 통해 주식 수를 늘리거나 하는 등의 활동이 추가되면서 주식 가격이 조정돼. 그런 부분은 이번에는 생략. 핵심은 투자자가 보유한 주식 가치가 얼마나 상승할 수 있냐 그 거야.

P : 오케이. 내가 기업 가치를 500억까지 키우면, 기업 가치 3천에 3백 투자했던 초기 투자자는 3백을 46억으로 만드는 게 되는 거군.

B : 그거야. 어때? 우린 상장주식을 사고팔면서 투자를 한다고. 물론 리스크는 더 크겠지만, 비상장 시장을 아는 플레이어들이 어떻게 수익을 창출하는지 알겠지?

P : 어. 놀랍네. 창업가의 주식 가치가 커지는 것도 놀라운데, 투자자 관점에서 주식 가치가 커지는 것도 대단해.

B : 판만 잘 만들면, 이런 논리를 활용해서 기업 가치를 키우고, 창업가, 투자자 모두 돈을 벌 수 있게 돼. 아직 그 판이 없어. 정확히 얘기하면 없다기보다는 소수만 쓰지. 대중적이지 않아.

P : 와우. 그 판에 올라가는 내용이 이 책에 담긴 거잖아. 우리가 그 판을 만드는 데 역할을 하고 있는 거 맞지? 대중화시키는 거.

B : 그렇지. 우리도 한 역할 하는 거.

P : 정부에서는 제2 벤처붐을 만든다고 지원 많이 하잖아. 그것도 그 판의 일부가 되나?

B : 맞아. 정부에서 모은 벤처투자금이 모태펀드이거든. 그 규모가 계속 늘고 있지. 부동산 정책은 전체적으로 숨 고르기 혹은 조르기를 하고 있다면, 벤처 시장에서는 투자를 활성화하기 위해 세금 혜택이며, 모태펀드, 지원사업 등 많이 늘리는 중이야. 그게 판의 부분이 되는 거.

P : 굿굿. 정말 활용해야겠네. 가만히 있어서 될 게 아니네.

B : 그렇지? 잘 활용하면 자영업이 기업이 될 수 있어. 투자자도 그 과정에 돈을 많이 벌 수 있고.

P : 그런데 성공 확률이 꽤 희박하잖아.

B : 희박하지만, 그 희박한 확률을 올리는 방법이 있지.

P : 뭔데?

B : 창업가와 투자자가 한 팀이 되는 거야. 그리고 투자자에게 반복 투자를 할 수 있는 자본력이 있고, 창업가에게 다양한 투자자로부터 투자를 반복해서 유치할 수 있는 능력이 되면, 기업 가치는 만들 수 있어.

P : 만들 수 있다. 만들어낸다는 건가?

B : 어. 우연에 맡기는 게 아니고, 능력에 능력을 더해서 만들어내는 거.

P : 햐.

B : 이건 이번에 나눌 주제는 아냐. 폴은 창업가로 성공하기 위해 집중해야 해. 그것만 신경 쓰면 돼.

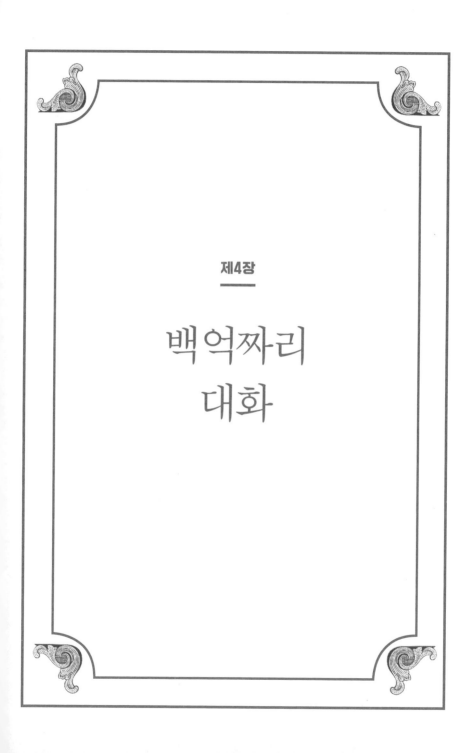

제4장

백억짜리
대화

자영업에서 기업으로

P : 정리 한번 해 볼까?

B : 어떤 정리?

P : 자영업을 기업으로 만드는 방법들.

B : 고고!

P : 주식회사를 설립해야 해. 개인사업자로는 기업을 만들 수 없어.

B : 왜 만들 수 없지?

P : 주식이 없으니까.

B : 주식이 뭔데?

P : 주식? 갑자기 훅 들어오는데?

B : 처음 하는 질문인가?

P : 어. 주식이라. 주식은 자영업을 기업으로 만들 수 있는 도구. 어때?

B : 말 되네.

P : 굿굿. 밥은 주식이 뭐라고 생각해?

B : 난 뿌리 주(株), 법 식(式)자를 써서 해석해 보고 싶어. "목적지의 시작점"

P : 그럴듯한데?

B : 목적지의 시작점이라. 괜찮은데?

P : 본인이 생각해놓고, 본인이 괜찮다고 하는군.

B : 처음 그렇게 표현해 본 거라.

P : 굿굿! 주식회사를 설립한 뒤에는 투자를 받아야지.

B : 그렇지. 투자를 못 받으면? 기업이 될 수 없나?

P : 아니. 투자를 안 받아도 기업이 될 수 있어. 그렇지만 투자를 받으면 더 빨리, 더 혹독하게 기업이 될 수 있지.

B : 혹독하다는 건 무슨 표현이야?

P : 투자자나 임직원들을 챙겨야 하니까. 나태해질 수 없잖아. 리더의 책임 말이야.

B : 그렇지. 그렇게도 표현되네.

P : 그런 혹독한 과정을 통해 리더로 성장하는 것 같아. 날 때부터 리더인 사람은 없잖아. 밥이 얘기한 투자를 받는다는 것의 의미를 곱씹어봤거든. 투자를 받고 나면 없던 책임감도 생기고, 없던 부지런함도 생길 것 같단 말이야.

B : 그렇지. 식구들이 늘어나니까.

P : 식구. 표현 좋다. 그리고 투자를 받기 위해서는 투자를 받을 수 있는 사람이 되어야 하지. 투자를 받을 수 있는 사람은 어떤 사람이지?

B : 지금 이 순간 딱 이것이 떠오른다. 러닝 커브 (Learning Curve) 가 좋은 사람.

P : 러닝 커브?

B : 어. 학습 곡선이라고 표현되나? 실패의 경험을 통해 잘 배우고 익히는 사람. 배우고 익힌 걸 자기 걸로 써먹는 사람. 그런 사람이 투자를 받을 수 있을 것 같아.

P : 굿굿. 혹시 그거 알아?

B : 뭐?

P : 밥은 대답할 때마다 다른 대답을 하는 것 같아. 같은 질문에 말이야.

B : 그랬나? 같은 대답만 하면 지루하니까.

P : 자영업을 기업으로 만드는 방법의 핵심은 여기까지 얘기한 게 끝이네.

B : 어. 복잡할 거 없지?

P : 음, 복잡한데, 그 복잡한 것들이 잘 함축된 것 같아. 주식회사 만들고, 투자받는다. 끝.

217

B : 그렇지. "어떻게 투자를 받을 수 있을까?" 이 질문만 반복하면 되잖아.

P : 그 질문을 통해 나온 답들을 조합하면 주식회사의 주식 가치가 상승하고, 리더로서 자격을 갖추고, 상장에 이를 수 있는 준비를 하면서 회사를 키울 수 있고, 주주 및 임직원들과 좋은 관계를 맺고, 매출 및 영업 수익을 올릴 수 있다. 그거잖아.

B : 퍼펙트!

리더십으로 모으고 주식회사라는 그릇에 담다

P : '스케일업[23]'이라는 단어를 써서 공식처럼 만들어 볼 수 있겠는데?

B : 어떻게?

P : 스타트업의 성장을 스케일업한다고 표현하잖아. 그 성장에 성공의 의미가 담겨 있다고 치고, 어떤 변수들을 조합하면 스케일업이 되는 거야.

B : 좋아.

P : 스케일업은 S. 그리고 세 가지 변수는 C, I, L 이렇게 잡자.

B : 아, C는 Corporation, I는 Investment, L은 Leadership. 맞지?

P : 그렇지. S = C * I * L 이렇게! 주식회사, 투자, 리더십이라는 변수를 잘 조합하면 스케일업을 할 수 있다.

B : S = CIL. 굿굿. 왠지 R = VD가 생각난다.

---

23   사업의 규모를 키우는 것.

P : 그런가? 이지성 작가가 한 얘기 맞지?

B : 어. Reality = Vivid Dream. 생생하게 꿈꾸면 현실이 된다. 이런 의미.

P : 굿굿. 우린 S = CIL.

B : S = CIL. 이 순서는 어때? ICL.

P : ICL? 순서는 왜?

B : ICL을 이렇게도 푸는 거지. S를 Scale Up에서 Success로 바꿔, 그럼 이렇게도 될 것 같아. Success comes when I See Leadership. Success = I * C * L. 어때?

P : 오. ICL을 기억하기 쉽게? I See Leadership. 그리고 리더십에 포커스가 맞춰진 느낌도 나네. 문장을 보면 말이야. 동시에 왠지 끼워 맞춘 듯하기도.

B : 하하. 그런가? 뭐든 어떻겠어. 말 나온 김에 그것도 얘기하면 좋겠네.

P : 뭐?

B : 이 공식이 의미하는 바를 새로 해석하는 거야.

P : 어떻게?

B : 리더십에 사람들이 몰려. 근데 리더십만 갖고 있으면 모인 사람들을 담을 곳이 없어.

P : 모인 사람들을 담는다?

B : 어. 그냥 멋진 미래를 같이 꿈꾸기만 하는 게 아니라, 그 미래를 현실로 만들어야 하잖아. 그러기 위해서는 모인 사람들과 액션을 취해야지.

P : 그렇지.

B : 그 비전을 현실화시켜 줄 모델과 방법은 '주식회사'에 있어. 그리고 모인 자원은 크게 두 가지로 분류를 하는데, 하나는 인재, 다른 하나는 자본.

P : 그러니까 인재와 자본이 담긴다는 말은 회사의 사업에 참여하고, 투자에 참여한다는 개념이군?

B : 맞아. 리더십만 갖고 있어서는 안 돼. 비전을 현실화하는 사업가라면 자원을 끌어당기고 모인 자원을 효율적으로 활용할 수 있어야 하지. 그래서 주식회사가 필요해. 주식회사가 있어야 약속을 명확히 할 수 있고, 큰 자금을 투자받을 수 있으니까.

P : 약속을 명확히 한다?

B : 어. 투자한 주주가 몇 주를 보유하고 있는지, 주주총회를 통해 회사가 어떤 방향으로 성장하고 있는지 아니까. 개인사업자에는 그런 규정이 없잖아.

P : 하긴 개인사업자가 큰 투자금을 받기에는 무리가 있지. 그런

의미에서 주식회사는 큰 자금을 담을 수 있는 그릇이라고 표현해도 되겠어.

B : 멋진 표현이네.

P : 리더십을 완성하는 개념으로 봐도 되겠다. 그렇게 해석하니 I와 C 그리고 L이 서로 유기적으로 연결되는 것 같아. 서로 영향을 끼치는 느낌이랄까?

B : 리더십을 완성한다. 괜찮은 표현이네.

투자받는 사람, 투자하는 사람

B : '투자한다는 것'이 뭔지 알면 투자받기도 수월할 것 같아.

P : 어떻게 '투자한다는 것'이 뭔지 알 수 있지? 투자를 직접 해보는 것도 좋겠는데?

B : 맞아. 단순히 이야기를 듣고 배우는 것보다 직접 하는 게 도움이 되지.

P : 투자하는 게 뭔지 알면, 투자받는 데 도움이 된다. 어떻게 그런 논리가 만들어지는 거야?

B : 투자자에게 있어 그 '투자금'이 어떤 의미인지 느껴볼 수 있고, 투자자 관점에서 투자처를 판단할 때 어떤 기준을 갖는지 알수 있어.

P : 투자자의 마음을 알고, 투자자의 판단 기준을 안다는 거네?

B : 그렇지. 투자자가 어떤 생각을 하고, 어떤 과정에서 투자할지안 할지 결정하고, 어떤 경우에 창업가에게 배신감을 느끼는지, 어떤 경우에 고마움을 느끼는지, 어떤 정보를 받길 원하는지, 이런 것들을 알 수 있게 되잖아.

P : 그런 내용을 창업가가 알고 있으면 투자를 받는 데 도움 되겠네. 투자를 받는 사람이지만, 투자하는 사람의 입장이 되는 것. 직접 투자를 해보면서.

B : 어. 나도 투자를 받고 싶었는데, 어떻게 받아야 하는지 방법을 모르겠더라고. 어디에 요청해야 하는지도 모르겠고. 정보도 없으니 공부를 할 방법도 없고. 그래서 사업을 잠시 접고, 투자하는 회사에 취직한 거지.

P : 그럼 정말 창업가에서 투자자로 포지션을 바꾼 거네? 투자도 했어?

B : 그렇지. 전환점이었어. 그러면서 내가 창업가로서 놓친 부분이 뭐였는지 알게 됐거든.

P : 우리가 얘기하는 목적이 자영업에서 기업으로 넘어가는 거잖아. 근데 그 과정의 인사이트를 얻기 위해서 투자자가 될 필요가 있다는 거 아냐. 흥미로운 얘기인데?

B : 정말 그렇게 되네. 그 부분은 생각 못 했었는데 말이지.

P : 큰돈을 버는 건 결국 기업가와 투자자일 때잖아. 그런 면에서 보면 기업가에서 투자자로 안 갈 이유가 없는 거지. 근데 단순히 돈을 벌기 위한 목적이 아니라, 투자유치하는 방법을 알기 위해 투자자가 되어본다? 좋은 접근인 것 같아.

B : 풀이 창업을 해서 사업을 운영하고, 어느 정도 지나면 투자자가 되어 투자를 해보는 것. 그리고 투자자 관점에서 투자할 만한 창업가 혹은 스타트업을 판단해보는 것. 이후 다시 창업가로 돌아와 투자할 만한 창업가, 스타트업을 만드는 것. 이게 과정이 되겠네.

P : 자영업자에서 기업가로. 기업가로 성장해가는 과정에 다시 투자자로. 그리고 투자를 배운 후 다시 기업가로.

B : 굿굿.

P : 이건 다른 질문인데. 투자자도 창업 경험이 있으면 투자성과를 내는 데 도움이 될까?

B : 도움 될 것 같은데? 아주 많이.

P : 창업가가 어떤 생각을 가지고 사업을 하는지 알 수 있잖아. 투자자, 투자금을 어떻게 느끼는지, 사업을 이끌 때 어떤 부분이 어려운지 등등.

B : 사업이 계획에 따라 성장하기 어려우니까. 그리고 재무적으로는 분명 성과가 나지 않는데, 조직 내부에서는 성과가 있거든. 그런 정교함을 읽을 수 있을 듯. 스타트업 투자에서는 그런 정교함을 볼 수 있어야 하지.

P : 그렇지. 재무적 성과를 보기 어려운 상태니까. 이렇게 얘기해

225

보니, 창업가에게는 투자자의 경험이 필요하고, 투자자에게는 창업가의 경험이 필요하다, 이게 결론이 되네.

B : 굿굿!

Tip

어느 정도의 수익률을 낼 수 있으면 투자할까요? 어떤 안전장치를 갖추고 있으면 투자자가 투자하기에 부담이 없을까요? 투자자는 사업가가 어떻게 이야기하는 걸 보고 투자를 결정할까요? 이에 대한 대답은 추측을 통해 얻을 수도 있지만, 실제 투자자가 되어서 투자를 해보면서 얻을 수도 있어요. 당연히 직접 투자를 하면서 얻는 지식과 지혜가 단순히 추측해서 얻는 것보다 깊이 있겠죠? 스타트업 창업가라면, 소액으로 엔젤투자를 해 보면 어떨까요?

사람에 투자하다

P : 어떻게 투자자가 될 수 있지?

B : 투자자에도 여러 종류가 있잖아. 투자처에 따라서 말이야. 땅에 투자하는 사람, 주식에 투자하는 사람, 아파트에 투자하는 사람.

P : 그렇지.

B : 우리가 얘기하는 투자자가 되기 위해서는 스타트업에 투자하는 투자자가 되어야 해.

P : 여러 투자자 중에 스타트업에 투자하는 투자자가 되어야 한다?

B : 어. 그래야 제대로 투자자가 될 수 있어.

P : 부동산 투자자는 제대로 된 투자자가 아닌가? 그런 의미는 아닐 것 같은데.

B : 그런 의미는 아니고, 영역을 구분한 거지. 우리가 하는 투자는 사람에 하는 투자야.

P : 스타트업에 투자하는 걸 사람에 투자한다고 표현한 거야?

227

B : 어. 스타트업 투자는 사람에 하는 투자야.

P : 좋아. '사람에 투자하라'라는 말 많이 들어봤는데, 스타트업에 투자하는 게 사람에 투자하는 거군?

B : 나도 사람에 투자하라는 말이 무슨 뜻인지 궁금했거든. 근데 스타트업 투자를 하니 그게 무슨 말인지 알겠더라고.

P : 무슨 말인데?

B : 글쎄, 모든 투자의 시작이고 끝이 아닐까?

P : 모든 투자의 시작과 끝? 감이 안 오는데?

B : 이렇게 풀어보자. 폴이 아파트 투자를 한다고 쳐. 근데 폴이 하는 아파트 투자는 결국 누군가 만들어둔 게임 위에서 플레이가 되는 거야. 사람에 하는 투자는 그 게임을 만드는 사람에게 하는 투자야. 그래서 모든 투자의 시작이라 한 거야. 누군가 게임을 창조해야 하는데, 그 게임을 창조하는 사람에게 하는 투자가 바로 사람에게 하는 투자이다.

P : 오. 새로운 관점인데? 그럼 끝은? 시작은 그렇다 치고, 끝은 어떤 의미야?

B : 끝은 관계인 것 같아. 투자를 받은 사람과 한 사람의 관계가 끝까지 이어지는 것. 투자가 잘 마무리된 후에도 그 관계가 좋은 관계, 건설적인 관계로 이어지는 것. 지속성.

P : 좋아.

B : 다른 방식으로도 표현해 볼게. 사람에 투자한다는 개념을 쉽게 풀 수도 있겠네. 스타트업 투자를 할 때는 평가할 수 있는 재무적 지표가 거의 없다고 했잖아.

P : 그렇지.

B : 그래서 '리더'를 봐. 리더와 조직을 보는 거야. 그러면 말 그대로 사람, 사람들을 보고 투자하는 거거든.

P : 평가 지표가 마땅치 않으니 사람을 보고 투자하는 거다. 이건 바로 이해되네. '모든 투자의 시작과 끝', 이것도 의미를 조금 더 풀어보면 좋겠어. 밥에게도 뭔가 있는데, 그걸 언어적으로 다 풀지 못한 상태인 것 같은 느낌을 받거든. 더 파고 들어가 보면 뭔가 나올 것 같아.

B : 그런가? 좋아. 그 부분도 정리하고 넘어가자.

P : 아까 "아파트 투자는 결국 누군가 만들어둔 게임 위에서 플레이가 되는 거"라 했는데, 이게 어떤 말이지?

B : 누가 아파트를 만들어서 공급해 줘야 투자자들이 아파트를 사고판다는 거야.

P : 그러니까 아파트를 만들어서 공급하는 주체들이 게임을 만든 건가?

229

B : 그렇지. 국가의 정책, 세금, 그리고 사업자들. 그들이 게임을 만들고, 투자자들이 그 게임 안에서 게임을 해. 이렇게도 말해보자. 우리가 증권사 MTS(Mobile Trading System)에서 사고파는 주식 있잖아.

P : 어 상장주식 맞지?

B : 그렇지. 비상장주식과 상장주식이 있잖아. 투자 라운드에 따라 비상장주식이 성장하고, 상장하게 되면 주식 거래 시장으로 들어가는 거야. 좀 과격하게 얘기하면, 비상장주식으로 먹을 거 다 먹으면 상장주식에 올라가서 그걸 가지고 개인 투자자들이 치고받고 투자하는 게 아닌가.

P : 와우. 정말 과격한 표현이네. 논란의 여지가 많겠는데?

B : 그럴지도. 근데 생각해봐. 폴이 만든 회사가 상장되면 폴은 최소 수십억, 수백억 자산가가 돼. 그리고 상장 전에 투자한 투자 회사들도 엄청난 수익을 만들고. 물론 상장 뒤에도 회사는 성장하지. 지속 성장하는 회사라면 말이야.

P : 밥이 얘기하는 게 어떤 관점인지 알겠어. 비상장주식 시장에서 판을 만드는 설계자 관점에서 하는 얘기잖아.

B : 어. 한쪽 측면에서 얘기하니 좀 과격하게 표현될 수도 있는데, 정말 그렇게 느껴서.

P : 오케이.

B : 나도 상장주식 투자를 한 적 있어. 그리고 그때 이렇게 느꼈거든.

P : 뭘?

B : 내가 상장시장에서 플레이하면서 돈을 벌 수도 있고, 잃을 수도 있다. 근데 대체 이 판은 누가 만든 건가. 그리고 내가 사고파는 이 주식이 대체 어떻게 만들어진 건가. 왠지 난 껍데기를 훑는 느낌이었어. 알맹이를 보고 싶었지. 그래서 기업의 성장 원리를 탐구한 거야. 기업의 탄생부터 성장, 그리고 종말까지.

P : 껍데기를 훑는 느낌이었다?

B : 어. 그래서 더 깊은 곳을 탐구해 보고 싶었어. 대체 속에는 뭐가 있냐 그거야.

P : 지금은 그 궁금증이 해소된 거야?

B : 어. "투자자가 되어라"라는 말은 단순히 "투자자가 되어라"라는 얘기가 아니야. "투자판을 설계하는 사업가와 한 팀이 되어 그 판에 투자하라", 이 얘기야. "증권사 앱을 통해 주식 거래를 하는 투자자가 되어라"가 아니라 "사업가와 증권사를 만들어라" 이거야.

P : 오. 어떤 의미인지 와 닿는다.

231

B : 남들이 다 먹고 남은 걸 갖지 말고, 진짜 알맹이를 먹으라 이거야.

P : 좋아. 이 말이 밥이 얘기하는 걸 확실히 표현하는 것 같거든. "투자판을 설계하는 사업가와 한 팀이 되어 그 판에 투자하라."

B : 그렇지. 그거야!

엔젤 투자에 참여하는 방법

P : 스타트업 투자를 엔젤 투자라고 할 수도 있나?

B : 그렇게 표현할 수 있지. 대신 스타트업 중에서도 초기에 투자하는 거. 투자 라운드 얘기했었잖아.

P : 좋아. 그럼 엔젤 투자는 사람에 하는 투자가 맞지? 좀 전에 얘기했듯.

B : 그렇지.

P : 엔젤 투자에는 어떻게 참여할 수 있지?

B : 크게 세 가지가 있어. 첫째, 엔젤 클럽에 소속이 되어 엔젤투자자로 참여하는 것. 둘째, 크라우드 펀딩에 증권투자형으로 참여하는 것. 셋째, 지인의 소개로 투자에 참여하는 것.

P : 각각의 특징에 관해 설명해 줄 수 있어?

B : 어, 하나씩 얘기해 보자. 우선 지인의 소개로 투자에 참여하는 형태부터.

P : 오케이. 소개로 투자에 참여한다? 여기서 지인이 회사 대표인가? 엔젤 투자를 받을 회사 대표?

B : 회사 대표가 될 수도 있고, 대표를 아는 지인일 수도 있지. 그 지인이 엔젤 투자나 비상장주식 투자 쪽에서 활동하는 사람일 수도 있고. 우연히 회사를 알게 된 경우일 수도 있고, 회사 대표의 지인일 수도 있고.

P : 좋아. 그렇게 투자해도 괜찮나?

B : 안 될 건 없는데, 추천하는 방법은 아니지.

P : 왜?

B : 어떤 투자이건 후속 관리가 중요하거든. 투자하고 나서 어떻게 관리하느냐 이거. 근데 지인을 통한 경우 후속 관리가 제대로 안 되는 경우가 많아.

P : 후속 관리라는 게 어떤 거지?

B : 예를 들어 투자자에게 회사가 성장하는 소식을 전달해 준다거나, 회사에 이슈가 있으면 그걸 알린다거나 하는 역할도 필요하고, 회사에 문제가 있을 때 거기에 대응할 수 있는 역할도 해야 해. 근데 '지인'이라는 사람이 그런 역할을 하기 어렵고, 회사 또한 회사 차원에서 개별 투자자를 챙기는 게 어려워.

P : 소통이 끊기고 리스크에 대한 대응을 투자자가 할 수 없다. 이거네?

234 B : 그렇지.

P : 엔젤이나 비상장 투자 쪽에서 활동하는 사람이라면? 그 사람의 소개로 해도 그런가?

B : 업계에서 일하지 않는 지인보다는 조금 더 낫지만 그런 경우도 있더라고. 직원으로 일하다가 관둬. 그럼 예전에 투자한 회사의 근황을 묻기 위해 그 사람한테 연락하는 것도 왠지 껄끄러워지더라고.

P : 그렇겠네. 가능하기야 하겠지만 다른 일 하는 사람한테 그런 걸 묻는 게 편하진 않을 듯.

B : 그리고 '소개나 중개 역할'만 하는 경우 회사를 잘 몰라. 진짜 투자할 만한 회사인지 판단할 역량이 안 될 수도 있다는 거야.

P : 그래? 전문적인 역량이 필요할 텐데, 그런 부분이 갖추어지지 않은 상태로 투자를 소개하기도 한다고?

B : 어. 소개만 하는 경우도 많아. 투자나 회사를 분석할 수 있는 역량은 없는 거지. 그런 한계점들이 있어. 아, 그리고 투자 쪽 일을 안 하는 지인의 경우, 투자 계약을 잘못할 수도 있어. 전문 역량을 갖춘 투자자가 아니면 말이야.

P : 주식의 종류나 계약 기간 같은 걸 못 챙긴다는 거지?

B : 어. 사업을 하는 대표도 주식의 종류, 기업 가치, 계약 기간, **235**

이자율 등을 설정하는 것에 익숙하지 않아. 그러니까 잘 모르는 대표와 지인이 투자를 설계할 경우 감으로 때리고 계약서를 대충 구글폼에서 찾아서 만드는 거지. 기업투자는 그렇게 하면 안 돼.

P : 왜? 표준 계약의 형태가 안 되나?

B : 투자는 기간, 이자율, 수익률, 이자 지급이 안 될 경우, 주식의 종류, 옵션 등이 종합적으로 맞춰져야 하고, 회사의 성장 방향에 따라 맞춰져야 해. 근데 그런 게 안 되어 있으면 계약 시점부터 소통이 안 되어서, 얼마 못 가 문제가 생겨. 투자자는 돈 빼달라 하고, 회사는 못 준다 하고.

P : 그런 걸 계약에 명시하는 거군?

B : 어. 정확히 명시해야 해. 회사 운영하는 처지에서도, 투자자 개인 사정 보면서 회사 현금 다 빼주면, 다른 투자자들이 피해를 보거든. 그래서 계약에 명시된 대로 회수를 할 수 있게 해야 해.

P : 회수를 한다는 건 돈을 돌려받는다는 거지?

B : 맞아.

P : 오케이. 그럼 크라우드 펀딩은 어때?

B : 크라우드 펀딩의 경우 투자자가 스스로 회사의 정보를 보고 투자를 결정해야 하잖아. 그 역할을 할 수 있으면 괜찮지.

P : 근데 엔젤 투자는 수치상으로 분석할 수 있는 게 없으니 그게 어렵잖아. 재무제표가 제대로 안 나오니까. 그렇지 않아?

B : 그렇지. 제대로 된 수치를 뽑아내지 못한 회사도 많으니까. 보통은 Pre A나 시리즈 A 정도에서 매출이 나와. 물론 그때도 적자인 경우도 많고.

P : 그럼 어떤 회사의 정보를 봐야 하지?

B : 사업 이력, 팀 구성, 아이템 등을 종합적으로 봐야 해. 비재무적인 부분들의 비중이 높지.

P : 크라우드 펀딩 사이트에 그런 자료들이 나와 있나?

B : 어, 보통은 사업소개서에 담겨 있어. 크라우드 펀딩을 올릴 때는 그런 기본적인 정보들을 포함하게 되어 있거든.

P : 개인적으로 회사에 관한 판단만 할 수 있으면 괜찮은 투자 방식이 되나?

B : 그렇지. 그리고 크라우드 펀딩 회사에서 회사와 투자자를 소통할 수 있게 하는 채널이 어떤 게 있는지 파악해 봐야 해. 투자자가 회사와 소통할 수 있는지, 어떻게 하는지, 대표와 소통할 수 있는지, 이런 부분.

P : 소통은 기본이군. 그런 게 크라우드 펀딩 회사마다 달라?

B : 어, 운영 방식이 달라. 같이 확인해 줘야지. 그리고, 크라우드 *237*

펀딩으로 투자를 하면 주식을 모바일로 확인할 수 있어. 투자자의 증권사 계좌에서 비상장주식 증권으로 확인할 수 있는 거야.

P : 크라우드 펀딩이 아닌 경우에는 증권사 계좌에서 확인이 안 되고?

B : '전자증권'으로 등록한 회사는 모바일로 확인 가능한데, 보통 비상장 스타트업은 그런 걸 안 하니까. 회사가 어느 정도 성장해야 전자증권으로 바꾸거나 하거든.

P : 그럴 때는 주주명부로 확인?

B : 어. 보통은 엑셀 파일로 된 주주명부로 관리를 해. 그걸 투자자에게 전달해서 주식 보유 현황을 알리는 거지.

P : 오케이. 마지막으로 엔젤 클럽.

B : 엔젤투자자들이 모여 있는 클럽이 엔젤 클럽이야. 현재 대략 250개 정도 엔젤 클럽이 한국에 있거든. 그중에서 활발하게 활동하는 클럽은 10~15% 정도 될까?

P : 활동 비중이 작네?

B : 엔젤 투자가 쉽지 않거든.

P : 지인 소개나 크라우드 펀딩과 비교하면 어때? 장단점 같은 거.

B : 체계가 잡혀 있고 투자를 활발하게 하는 클럽이면 괜찮지.

공부도 할 수 있고, 회사 소식도 들을 수 있으니까. 문제는 그 정도로 시스템이 체계화되어 있는 클럽이 있냐 이거야.

P : 별로 없나?

B : 별로 없는 듯. 활동할 건 많은데, 특별히 돈이 되는 건 아니니까. 운영팀에서 말이야. 운영팀이랄 것도 없고.

P : 전문성은 어때? 엔젤투자자의 전문성을 갖고 투자하는 건가?

B : 투자를 꾸준히 하는 엔젤 클럽은 전문성이 있지. 법적인 요건을 갖추고 자금을 모은다거나 투자 계약 방식 등에서 확실히 리드해 주는 엔젤들이 있지. 혼자 엔젤 투자를 못 할 거면 클럽에 속해서 활동하는 게 나아.

P : 그렇겠네. 정보도 얻기 어렵고, 회사도 발굴하기 어려우니까.

B : 어. 그런 건 있지. 연회비가 있는 때도 있고. 간혹 활동에 참여해야 하니까 몸을 움직여야지. 요즘엔 온라인으로도 많이 할 듯.

P : 클럽 활동 차원에서?

B : 어. 크라우드 펀딩은 소액 참여가 가능한데, 엔젤 클럽의 경우에는 투자금액도 알아봐야 해. 클럽마다 다를 거거든. 투자조합에 참여하는 경우 최소 투자금액이 100만 원 정도 될 수 있어.

239

P : 크라우드 펀딩은 최소 참여가 얼마인데?

B : 그건 회사가 정하는 건데, 최소로는 몇만 원에서 몇십만 원 정도도 가능해. 일반 투자자는 최대 500만 원 투자가 가능하고.

P : 최대 투자금액도 있구나?

B : 어, 크라우드 펀딩은 그래. 한 번 투자할 경우 최대 500만 원. 연 2,000만 원까지. 투자자 보호 차원에서. 그러니, 투자 규모를 키우고 싶으면 엔젤 클럽을 통한 투자가 낫지.

Tip

엔젤 투자에 참여하는 세 가지 방법

1. 엔젤 클럽 활동을 통해 개인 투자조합에 출자
2. 크라우드 펀딩에 증권투자형으로 참여
3. 지인의 소개를 통한 개인 투자

개인투자조합

P : 투자조합은 뭐야?

B : 투자조합이란 건 개인투자조합을 뜻해. 엔젤 클럽에서는 보통 두 가지 방식으로 투자하는데, 엔젤투자자 개인들이 별도로 투자하는 때가 있고, 개인투자조합을 만들어서 함께 투자하는 때가 있어.

P : 차이가 뭐지?

B : 개인들이 투자하는 경우부터 설명하면, 예를 들면 네 명이 한 회사에 투자한다고 쳐. 그럼 네 명이 각각 투자금액을 정해. 1,000, 3,000, 2,000, 2,000. 이렇게 들어간다고 치자. 그럼 각 투자자의 이름이 회사의 주주명부에 들어가는 거지. 개별 주주로 말이야.

P : 아하. 그렇게 개별로 되고. 투자조합은 개별로 안 되고, 조합으로?

B : 어. 조합은 예를 들어 〈뉴스타트 투자조합 1호〉라고 하면 그 조합의 이름이 주주명부에 올라가. 최대 49명까지 조합에 출자

하고 그 돈이 조합의 이름으로 회사에 투자되는 형태야.

P : 뭐가 더 좋지?

B : 글쎄. 상황에 따라 다르게 쓰이는 거지.

P : 어떻게?

B : 투자자 숫자가 많고 금액이 커지면 투자조합으로 한 회사에 투자하는 게 관리 측면에서 좋고. 투자자가 많이 없고 조합을 만들 정도의 투자금이 안 되면 개인으로 투자하는 게 낫고.

P : 조합을 만들 수 있는 투자금은 얼만데?

B : 1인이 최소 100만 원을 투자해야 하고, 1억 이상이 모여야 조합을 만들 수 있어. 스타트업에 투자하는 '개인투자조합'이지. 최대 49인 이하로 하나의 조합이 만들어져.

P : 아하. 그런 조건이 있구나.

B : 어, 개인투자조합을 만들고 관리하는 사람을 GP[24]라고 해. General Partner. 개인 투자조합에 투자하는 투자자를 LP[25]라고 하고. Limited Partner. GP가 투자를 리드하기 때문에 투자

---

24 General Partner. 업무집행조합원. 개인 투자조합을 설립, 운영, 관리하는 주체. 관리보수 및 성과보수를 받고, 투자에 관해 의사결정 및 피투자처를 관리한다.

25 Limited Partner. 출자자 또는 투자자. 개인 투자조합에 출자하는 출자자.

자는 GP를 잘 보고 투자를 해야 하지.

P : GP가 투자처를 선택하는 역할도 하는 거군?

B : 투자처를 선택하고 투자조합을 만드는 때도 있고, 투자조합을 만들고 투자처를 선택하는 때도 있어. 보통 GP는 LP에게 투자처나 잠재 투자처를 소개하고 조합을 만들어. 투자조합 관리도 GP가 하니까, 그런 측면에서도 GP의 역량이 중요하지.

P : 오케이, 굿굿!

창업, 사업, 기업

P : 창업에 성공하는 게 어렵잖아?

B : 어렵다기보다 긴 과정이지.

P : 그러니까. 그 과정을 견딜 수 있느냐, 없느냐의 문제일 듯.

B : 끊어서 하면 좀 더 수월할 것 같아. 창업, 사업, 기업 이렇게.

P : 끊어서 한다고?

B : 어. 창업하고, 사업을 하고, 기업을 하는 형태로. 과정이랄까?

P : 어떤 과정인 거지?

B : 이렇게 보자. 창업의 단계, 사업의 단계, 기업의 단계. 근데 창업의 단계에서 너무 큰 목표를 잡는 거. 이게 창업을 어렵게 하는 듯.

P : 각 단계는 어떻게 구분할 수 있을까?

B : 좋은 질문이네. 우선 정의를 내려보자. 창업은 일을 시작하는 것. 사업은 사람을 모으는 것. 기업은 뜻을 세우는 것.

P : 오, 깔끔하게 나뉘는데?

B : 창업은 일을 시작하는 거잖아. 시작할 창(創)자를 써. 사업은 모일 사(事)자를 써. 기업은 세울 기(企)자를 쓰고. 창업의 단계에서는 일을 만들어 보고, 해보고, 수정해보고, 팀원에게 일을 넘겨보는 등의 다양한 경험을 하는 거. 그리고 하나의 일이 아니라 여러 영역의 일을 해 보면서 경험을 쌓는 거. 이런 게 주요 목적이 되면 좋을 듯.

P : 오케이. 그럼 창업 단계에서는 성과에 대한 욕심을 줄여도 된다는 거네?

B : 수익에 초점이 맞춰진 성과보다는 일 자체에서 기술이나 철학을 쌓는 게 필요해. 물론 먹고 살 정도로 수익이 나오면 좋겠지. 그래야 창업활동을 지속할 수 있으니까. 소규모 팀원들을 꾸릴 수 있는 정도로 창업활동을 하는 거.

P : 어, 다음은 사업으로. 말하다 보니, 창업에서 사업으로, 사업에서 기업으로 넘어가는 과정도 퀀텀 점프라 할 수 있겠는데?

B : 그렇네. 굿굿! 사업. 일을 창조하고 통제할 수 있는 역량을 어느 정도 쌓았다면, 다음은 사람을 모아야 해. 그게 사업이야. 모일 사(事)자를 써. 인재를 모으고 투자자를 모으는 거지.

P : 오. 그런 의미가 있다니. 처음 들어봐.

B : 우리만의 철학, 이론이라고 보면 됨.

P : 인재를 모으고, 투자자를 모으는 게 사업이란 거지?

B : 앞에 얘기했듯, 리더라는 중심으로 자원을 모으는 거. 물론 매출 상승을 위한 접근이나 시장에 대한 분석, 확장은 계속되고 있는 거고. 단, 사람을 모으는 데 집중하자는 거야. 사람이란 사업을 키울 인재, 그리고 사업에 참여할 투자자.

P : 중소기업 사장님들 보면 사람 쓰는 걸 어려워하더라고. 뽑으면 나가고, 제대로 된 사람 찾기도 어렵고.

B : 그래서 사업을 별도로 사람을 모으는 일이라 정의한 거지. 그만큼 중요한 거고. C-Level[26]을 채용할 수 있는 환경을 만들어야 해. 거기에 투자해야지.

P : C-Level? 임원급을 얘기하나?

B : 어. CFO, CMO, COO, CTO와 같은 임원급. 사장을 대신해서 일을 치고 나갈 수 있는 사람들. 단순히 주어진 일을 하는 사람들이 아니라 자기 영역에서 주도적으로 맡아서 스케일업을 할 수 있는 사람들.

P : 굿굿. C-Level.

---

26 CEO(Chief Executive Officer), CFO(Chief Financial Officer), CTO(Chief Technology Officer)와 같이 회사의 임원급을 의미.

B : C-Level이 없으면 사업을 기업으로 만들 수 없어. 규모를 못 키울 거니까.

P : 좋아 다음은 기업의 단계.

B : 기업은 세울 기(企)자를 써. 뜻을 세우는 단계야. 사람을 모았으면 뜻을 세워야지. 사회적 역할이 커지는 거.

P : 큰돈을 번다는 관점이 아니라 뜻을 세운다는 관점으로 접근하니 느낌이 다른데?

B : 어. 이제는 뜻도 중요해. 과거와는 다른 기업 환경에서 살고 있으니까. ESG 경영 얘기했지? 그리고 그 뜻 안에 수익도 들어 있는 거고.

P : 창업에서 사업으로, 사업에서 기업으로 넘어갈 때 무엇에 비중을 둘지 보이네.

B : 이렇게도 한 번 표현해 보자.

P : 어떻게?

B : 창업은 자기를 먹여 살리는 규모의 성과, 사업은 식구를 먹여 살리는 규모의 성과, 기업은 마을을 먹여 살리는 규모의 성과.

P : 오, 그렇게도 되네. 굿굿!

백암삼겹

B : 백암삼겹 기억나?

P : 기억나지. 회사 세우고 나서 했던 첫 번째 사업이잖아. 배달 삼겹 전문 매장.

B : 그 사업을 갖고 개인사업자와 법인사업자를 비교해 보자.

P : 우린 법인으로 시작했잖아.

B : 맞아. 우린 시작부터 법인이었어. 법인을 어떻게 운영하는지 아니까. 그리고 여럿이 시작했으니까.

P : 총 넷이 시작했지. 공동 설립자 네 명.

B : 어. 그리고 얼마 안 가서 사이드 프로젝트 형태로 참가하는 분들도 있었고. 아, 이렇게 설명하면 더 헷갈릴 것 같은데.

P : 해봐. 일단 들어보고. 이해 안 가는 건 물어볼 테니까.

B : 난 이렇게 생각해. 만약 우리가 백암삼겹 하나만 보고 사업을 했다면, 지금 별 비전이 없을 거야. 백암삼겹 하나만 보고 매장을 내고, 여럿이서 공동창업을 하는 거. 이게 개인사업자들이 공동사업을 하는 방식이야. 백암삼겹에서 나오는 성과를 분배하

는 거. 그때 그랬잖아. 공동 설립자의 어머니가 "거기서 뭐 남겨 먹을 게 있다고 네 명이 사업을 같이하냐"고.

P : 그랬지.

B : 보통 계약이란 건 매장 하나를 두고 거기 여럿이 참여해. 개인사업의 개념에서는 말이야. 근데 법인의 개념에서는 기본적으로 확장이 깔려있지. 그래서 그 매장은 시작하는 시점에 필요한 도구야. 개인사업의 경우 그 매장이 끝나면 동업자들 간 계약도 끝나지만, 법인사업의 경우 그 매장은 시작의 하나에 불과하기에 설령 성과가 미비해도 계약이 종료되지 않아. 그래서 우리가 두 가지 계약을 한 거잖아. 하나는 법인 지분 계약, 다른 하나는 매장 지분 계약. 두 계약이 다르게 만들어진 거 기억해?

P : 응, 법인의 경우 밥 지분이 많았고, 매장은 공동 설립자 1인의 지분이 제일 많았지.

B : 맞아. 다르잖아. 법인 안에 백암삼겹 사업이 들어가되, 그 사업의 지분은 또 다른 형태인 거. 법인이기 때문에 이렇게 설계가 가능한 거야.

간략하게 결론만 얘기하면, 만약 개인이었다면, 백암삼겹 실적이 안 좋으면 벌써 사업을 정리할 수밖에 없었을 거야. 멤버들도 다 해체되고. 근데 법인이었기 때문에 현재까지 사업을 다른 쪽으로 확장할 수 있었고, 주식 가치를 키울 수 있었던 거지. 그러니 당연히 법인으로 사업을 해야 한다는 게 내 주장이야. 물론, 백암삼겹 실적이 좋았어. 배민에서 약 한 달 조금 넘으니 한식 순위 1위 했었고, 매출도 지속해서 올라오고 있었고. 근데, 그것만 갖고 가면 역시나 부족하다는 거지. 더욱 크게 그림을 그렸고, 그 그림이 법인 안에서 그려진 거야.

P : 하긴 그렇네. 만약 백암삼겹 하나만 했더라면, 아무리 매출이 높아도 지금과 같은 기업 가치를 만들 순 없었을 거야. 지금 법인 안에 여러 사업을 담아두니까, 주식 가격이 오른 거군.

B : 맞아. 멤버십 사업, 모바일 스마트오더 사업, 투자 사업 등이 들어가 있으니까.

앱오더

P : '앱오더'는 어떻게 시작하게 된 거지?

B : 폴이 맥스 소개해 줬잖아.

P : 맥스는 공유 주방 건으로 만났잖아?

B : 처음 셋이 미팅할 때 주제가 공유 주방, 공유 오피스 쪽이었지.

P : 두 번째 미팅 갈 때도 그 주제 아니었어?

B : 맞아. 별빛방 사업 같이하자고 제안하러 갔지. 쉐어하우스 사업 같이하면서 공유 오피스 만들어 보자고.

P : 별빛방 사업이 공유 오피스 사업이었던 건가?

B : 그건 아닌데, 관심사가 비슷했으니까. 스타트업을 위한 플랫폼 구축이라는 차원에서.

P : 근데 왜 갑자기 '앱오더' 사업으로 방향이 바뀐 거지?

B : 맥스에게 이것저것 물었어. 사업이나 투자나 과거사나 등등. 그러다 결국 앱오더 얘기가 나오더라고. 한창 이야기하다가, 갑자기 '멈춤' 상태가 0.5초 정도 왔어. 그 순간 기류를 느꼈어. 맥스 눈이 반짝이더라고.

P : 그 반짝이는 눈빛을 읽었구먼?

B : 응, 우선 당분간 집중할 사업이 있다면서 이야기를 시작했어. 그 사업이 현금흐름이 잘 나올 사업이라 먼저 집중을 하면 좋을 것 같다고. 혹시 관심 있으면 같이 해 보지 않겠냐고.

P : 그래서 바로 수락한 거야?

B : 느낌이 왔어. 확실한 느낌이었어.

P : 그 느낌이라는 게 어떤 거지?

B : 사업 이야기를 들었을 때 여러 조합이 맞아떨어진다는 생각을 했어.

P : 그게 바로 사업가의 직관이라는 건가?

B : 그런가? 어쩌면 맥스와 비슷한 면이 있어서 그런 걸지도 몰라. 가고자 하는 방향도 그렇고.

P : 사업가들끼리는 통하는 게 있군. 여러 조합이 어떤 조합이었는데?

B : 앱오더 사업을 하는 회사에 투자한 이력을 갖고 있다는 거. 투자한 기간이 오래됐다는 거. 그런데도 현재까지 회사와 건설적 관계를 맺고 있다는 거. 주주들이 나서서 영업 법인을 세우고 회사와 함께 B2C 사업으로 진출한다는 거. 마지막으로 앱오더의 핵심 기술이 글로벌 커피 브랜드에서 이미 활용되고 있다는 거.

252

P : 안 할 수 없었겠군.

B : 그렇지. 아, 그리고 하나 더.

P : 뭐?

B : 그 회사가 과거에 투자를 좀 받았는데, 그 투자금을 엑시트 할 시점이 거의 됐어. 회사도 성과를 내야만 하는 시점이 된 거지.

P : 확실히 사업을 보는 주관이 있네.

백억 벌면

B : 폴은 백억 벌면 뭐 하고 싶어?

P : 북카페. 1층은 카페, 2층은 서점, 3, 4층은 공유 오피스, 5층은 엄청 큰 내 사무실. 소소하게 이 정도의 건물을 서울, 부산, 제주에 하나씩 갖고, 놀면서 투자하면서 살고 싶지.

B : 결국 건물이군. 한국 사람 건물 참 좋아해. 가고 싶은 곳은?

P : 일단 가고 싶은 곳은 하와이. 그런데 딱히 가고 싶다기보다는 이곳저곳 돌아다니며 한 달 살이 같은 걸 해보고 싶은 마음이 있지. 제주에서 한 달, 부론에서 한 달, 서울에서 한 달, 하와이에서도 한 달. 이렇게 여러 곳을 돌아다니며 살고 싶은 소망이 있어.

B : 오, 서울에서 한 달 살이 하면 호텔에 머무는 거야?

P : 서울에는 본거지가 있는 거지. 가족이 사는 집.

B : 난 그런 생각 해 봤어. 애들이랑 아내랑 호텔 돌아다니면서 조금씩 사는 거. 강의 같은 거 하면서 말이야. 전주에 강의 가면, 겸사겸사 한 일주일 쉬다 오고. 그때 호텔에서 머무는 거지.

P : 호텔에서 머무는 것도 좋지. 나도 서울 빼고는 다른 지역에서는 호텔에서 머무는 시간이 많겠지?

B : 사고 싶은 건 있어?

P : 사고 싶은 건 딱 두 가지. 한옥 그리고 테슬라.

B : 오, 한옥과 테슬라. 왠지 안 어울릴 것 같으면서 어울리는데?

P : 전통과 첨단의 조화라고나 할까?

B : 굿굿!

P : 밥은 어때? 백억 벌면 하고 싶은 거.

B : 글쎄. 잘 모르겠어.

P : 뭐야. 하고 싶은 게 없다는 말이야? 아니면 하고 싶은 걸 모르겠다는 말이야?

B : 이건 정말 솔직히 얘기하는 건데, 난 백억을 벌어도 특별하게 하고 싶은 거나 갖고 싶은 게 없어. 그냥 지금처럼 살 거야. 백억이 있을 때나 없을 때나 갖고 싶은 거나 하고 싶은 게 바뀌는 게 없을 듯.

P : 오. 뭐야 다 가진 거야?

B : 어.

P : 하하. 대단한 자신감인데?

B : 자신감이라기보다는 예전에 북카페 할 때 그런 질문을 한 적

있어. '원하는 만큼 돈이 많으면, 그땐 뭘 하고 살까?' 결론이 뭔지 알아?

P : 글쎄. 맞다, 예전에 북카페 했었지? 이름이 뭐였지? 이름이 독특했던 것으로 기억하는데.

B : '이야기 끓이는 주전자' 카페 사업을 할 때 그런 고민을 한 적 있어. '진정한 행복은 어디서 나오는 걸까?' '난 뭘 할 때 가장 행복한가?' 거기에 대한 대답을 얻었어.

P : 그게 뭔데?

B : 좋아하는 사람들과 책 읽고 토론하는 거. 맛있는 거 먹고.

P : 종종 얘기했던 거군.

B : 아무리 돈이 많아도 결국에는 책 읽고 토론하는 걸 할 거야. 근데 그건 돈이 많지 않아도 할 수 있는 거잖아. 그리고 가족과 맛있는 거 먹고 여행 다니고 하는 것도 돈이 그렇게 많아야 할 수 있는 것도 아니고. 지금도 하는 거고.

P : 하긴, 밥은 미니멀리스트잖아. 그러니 물질에 대한 욕심은 없는 거군?

B : 그래도 비전에 대한 욕심은 있지. 주식 욕심도 있고.

P : 미니멀리스트가 주식 욕심 있어도 되는 거야? 진정한 미니멀리스트 아닌 거 아냐?

B : 뭐 어때. 그럼 선택적 미니멀리스트라고 할까?

P : 그게 그거지.

B : 어떤 부분을 제외하고는 정말 소유욕이 없는 듯해. 난 차에도 관심 없고, 집도 그렇게 크지 않아도 되니까. 대신 주식은 좋아하지.

P : 차를 한 번도 사본 적 없다고 했잖아. 정말이야?

B : 어. 첫 번째 차는 초록색 마티즈였는데, 그건 아내가 결혼할 때 가져온 거. 두 번째 차는 아버지가 타던 회색 스파크. 세 번째 차는 장인어른이 타던 레조.

P : 대단해. 레조는 8개월 정도 타다가 폐차했다고 했잖아?

B : 한 이십 년 정도 된 차였지. 에어컨도 안 나오고. 그 차를 타고 여름에 고속도로를 달렸지. 창문 열어놓고 말이야.

P : 하하. 대단해.

B : 아. 그거 알아? 파이어 운동. FIRE Movement.

P : 어 들어는 봤어. FIRE가 뭐였지?

B : Financial Independence, Retire Early. 경제적으로 독립하고, 일찍 은퇴하는 거. 알고 보니 내가 이걸 하고 있더라고. 미니멀한 소비 습관을 갖고 있으면서, 사업과 투자는 엄청 열심히 했던 거지. 이 용어를 들은 게 20년 초였는데, 파이어로 살기 시작

257

한 게 16년부터니까. 몇 년 된 거지.

P : 그럼 밥은 은퇴에 가까워져 있나?

B : 난 은퇴 안 해. FIRE 용어가 잘못됐다고 생각하거든. 은퇴하면 뭐해? 심심해 미칠걸. 결국, 소일거리를 찾을 건데, 그게 그렇게 재밌지는 않을 거야. 그럼 결국 일로 돌아가겠지. 일이 제일 재밌으니까. 그래서 '은퇴'라고 표현하는 건 한계가 있는 듯.

P : 그럼 다른 표현이 있을까?

B : 글쎄. 창조적 활동을 할 수 있는 자유? 그걸 얻는 게 궁극적으로 최고인 듯. 그렇게 하려면 돈도 있어야 하고 시간도 있어야 하고 미션도 있어야 하니까. 팀원들도 있어야 하고.

P : 그러게. 그 점에서는 나도 동의해. 은퇴하면 뭐하겠어. 이게 직장인들한테 타깃이 되어서 나간 용어라 그런 게 아닐까?

B : 그게 무슨 말이지?

P : 어떤 직장인들은 기회만 되면 회사 때려치고 싶어하잖아. 아니면 로또 맞고 재미로 회사 다니고 싶어 하거나. 그래서 직장인들의 욕구를 자극한 용어가 '은퇴' 아닐까 생각해 본 거야.

B : 오. 일리 있네.

258

백억

P : 백억이란 목표는 어떻게 만든 거야?

B : AEP 사업 때 만든 거야. 2018년 중순에 만든 거. 그때 하던 사업이 블록체인 관련된 거였거든. 그때 팀원들이랑 얘기하다 만든 거.

P : 무슨 얘길 했는데?

B : 동물의 왕이라고 하는 사자도 사슴을 먹을 만큼만 사냥해서 먹는데, 인간만 여분의 사슴을 계속 쌓아두고 또 사냥하러 나간다는 거.

P : 그래서? 그게 블록체인과 무슨 관련이 있는데?

B : 블록체인이 기술적인 측면에서도 가치 있지만, 그 철학이 마음에 들었거든. 데이터를 분산해서 보유한다는 거, 데이터를 사용자에게 돌려주고 보상하는 시스템. 뭔가 새로운 경제 구조에 대한 기대감이 있었어. 분산경제구조, 탈중앙화. 근데 까보니까 대부분의 암호화폐 시장은 기존 구조와 같은 거야. '고래'라고 하는데, 여전히 암호화폐 대부분을 보유한 소수의 사람이 따로

있는 거지. 분산은 무슨. 역시 독점의 형태인 거야.

P : 응, 거기까진 이해됐어. 그래서 왜 백억이란 건데?

B : 그 정도는 되어야 도전할 만하지. 그리고 맥시멈을 백억으로 잡은 거야. 그러니까 '백억을 벌자'라기보다는 '백억까지만 벌자'의 개념인 거지. 백억이 넘어가는 돈은 자기 돈이 아닌 거야.

P : 오. 흥미로운 개념인데? 근데 그게 말이 돼? 그걸 통제할 수 있나? 돈을 더 못 버는 거잖아.

B : 물론, 안 받아들이는 사람들도 있겠지. 그래도 우리가 리드하는 조직 내에서는 그런 구조를 만들어 보자고 했어. 당시에 사업 운영하던 팀원들이랑. 그때부터 백억이라는 게 이어져 온 거야.

P : 흥미롭군.

B : 백억에는 두 가지 의미가 있어. 첫째, 물질로서 백억 재산을 만든다. 둘째, 온전한 상태에 도달하여 편안함을 이룬다. 완전할 백(百)자에 편안할 억(億)자를 쓰거든.

P : 아까 그랬잖아. 백억을 번다는 게 백억 이상의 많은 돈을 버는 게 아니라 백억까지만 번다고. 두 번째 정의한 '온전한 상태에 도달하여 편안함을 이룬다' 이게 그것과 연관 있는 것 같아.

B : 어떻게?

P : 명확하게 끝을 정의한 느낌이 들거든. 돈이란 게 벌면 더 벌고 싶어지는 건데, 백억 이상을 벌지 않겠다고 하면 끝이 생기는 거잖아. 그래서 편안해지는 게 아닐까?

B : 역시 폴이야. 정말 그렇겠다.

P : 뭐야, 밥이 만든 거 아냐? 근데 왜 몰라? 그 정도 생각은 해뒀을 것 같은데?

B : 세상에 내가 만든 게 어딨겠어. 같이 어울려 살다 보니 이리저리 조합이 되면서 만들어지는 거지.

P : 만약 백억이 넘어가면 어떻게 하지?

B : 리스크가 크다고 여겨지는 곳에 더 투자하거나, 기부하면 될 것 같은데?

P : 백억을 맞추고 사는 것도 일이겠군.

B : 백억에 도달하는 과정이 특히 재밌을 거야. 끝을 보고 난 뒤에는 미련 없이 떠나고. 후배들을 위해 시간, 에너지, 자원을 투자하고.

P : 죽을 때까지 다 쓰고 죽으려면 바쁘겠는데?

파트너의 주식 가치를 백억으로

B : 돈은 따라온다고 하잖아. 그런 말 들어봤지?

P : 열심히 하면 성과는 따라온다는 거잖아. 돈도 그렇고.

B : 그런 의미에서 우리가 백억 자산을 만드는 과정의 순서를 정할 수 있을 것 같아.

P : 어떻게?

B : '주식 가치'가 먼저야. 주식 가치로 백억을 먼저 만들고 나면 현금은 따라온다는 거지.

P : 백억을 버는 스텝 같은 건가?

B : 그렇지. 열심히, 뜻을 갖고 일하면 돈은 따라온다고 하는데, 이때 '열심히'와 '뜻을 갖고'의 의미나 방법을 좀 더 세분화하는 거야.

P : 하긴, 모호한 면이 있지. 그럼 주식 가치를 먼저 백억으로 만들면, 현금 백억으로 이어진다고 해석해도 되나?

B : 맞아.

P : 투자로 주식 가치를 백억으로 만들긴 쉽지 않을 것 같은데?

B : 쉽지 않지. 그래서 창업을 해야 하는 거고.

P : 창업을 하면 주식회사를 직접 설립하는 거니까. 창업자 (Founder)가 되라는 얘기군. 그럼 투자만으로 접근할 때보다 많은 주식을 갖고 사업을 키울 수 있으니까.

B : 그렇지. 창업자로서 주식회사를 설립하고, 주식회사의 주식 가치를 실체가 있는 가치에 기반하여 키우는 거야. 단순화해서 회사의 가치가 10억, 50억, 100억 이렇게 투자 단계별로 성장한다고 보면 되거든. 회사의 가치가 300억에서 500억 정도 되면 창업자가 보유하고 있는 주식 가치가 100억 정도 될 거야.

P : 회사 가치가 300억에서 500억 정도면 어느 정도 매출이 나오는 회사겠네. 창업자 입장에서는 황금알을 낳는 거위와 같은 거고, 그 거위가 현금을 계속해서 창출하니, 주식 가치를 먼저 백억으로 키우라는 거군? 결국, 현금화가 될 거니까?

B : 어. 사실 기업 가치가 300억에서 500억 정도 된다고 해서 바로 현금 백억을 만들어낼 수 있는 건 아냐. 주식회사의 창업자도 '월급'을 받으니까. 월급이 그렇게 크지도 않을 거고. 회사를 더 키우기 위해서는 대표이사의 월급을 올리기보다는 직원에 투자해야지.

P : 그렇겠네. 정리해보면, 우리가 백억을 만드는 방법은 "주식   *263*

의 가치'로 백억을 먼저 만든다, 그리고 현금은 따라오게 한다"
맞나?

B : 맞아. 그거야. 어렵지 않지?

P : 맨날 '어렵지 않지?'라고 하면서 어렵다고 말할 기회를 안 주
는 거 아냐?

B : 하하. 그런가? 자, 이제 백억이 우리에게 어떤 의미를 주는지
알았고, 시작하면 돼. 폴은 폴의 파트너인 나를 백억 자산가로
만들고, 난 폴을 백억 자산가로 만들고.

P : 백억짜리 대화를 통해서 말이지?

B : 그렇지. 굿굿!

P : 고고!

안녕하세요. 백억짜리 대화의 Bob입니다.

첫 투자를 받던 때가 떠오릅니다. 사업을 하나 세우고, 지분 20%를 1,500만 원에 매각했어요. 제가 갖고 있던 50% 중 40%를 두 명에게 팔았습니다. 그로부터 5년이 지났네요. 저는 첫 번째 투자받을 때 네 가지 실수를 했습니다. 〈백억짜리 대화〉를 읽은 독자라면 제가 어떤 실수를 했는지 알 거예요.

첫째, 지분은 리더 한 명이 많이 갖고 가야 했는데, 공동창업자와 저는 50%씩 둘이 나눴어요.

둘째, 제가 가진 50% 중 40%를 바로 다음에 들어온 공동 사업자에게 팔았어요.

셋째, 회사의 가치를 너무 낮게 잡았습니다. 20%에 1,500이면, 전체 가치를 7,500으로 잡았다는 거니까요.

넷째, 주주 간 계약서, 공동 사업자 계약서를 제대로 작성하지

265

못했습니다.

그런 생각도 해요. '만약 첫 투자를 받을 당시 백억짜리 대화가 존재했고, 내가 그걸 읽은 독자였다면 나는 다른 의사결정을 했을까?' 어떤 대답을 얻었을까요? 저는 백억짜리 대화를 읽었음에도, 같은 결정을 내렸을 겁니다. 아주 조금 바뀔 수는 있겠지만, 큰 맥락은 변함없었을 거예요. 왜 그런 같은 결정을 내릴까요? 세상에 활용할 수 있는 지식과 지혜가 널려 있는데도 불구하고 그걸 활용하지 못 하는 걸까요? 우선, 계약 하나만 보면 잘못됐지만, 계약하게 된 전후 맥락이 있을 겁니다. 그것까지 살펴야겠죠. 동시에 제가 갖고 있던 당시의 사고체계가 백억짜리 대화에서 이야기하는 지식을 덜 받아들이도록 했을 거예요. 같은 지식, 같은 지혜라고 해도, 받아들이는 사람의 사고체계에 따라 다르게 받아들이니까요.

그럼, 백억짜리 대화를 읽음에도 나를 획기적으로 바꿀 수 없다면, 읽는 목적은 무엇이며, 왜 이 글에 시간, 에너지, 돈을 투자해야 하는가, 물으실 수 있습니다. 작가 스스로 글을 통해 과거 자신의 실수를 못 되돌린다고 하는데, 글을 읽는 목적이 있겠냐 하는 것이죠. 백억짜리 대화의 목적은 '대화를 시작함'에 있습니다. 글을 읽고 덮으면 세상에 떠다니는 수많은 지식의 조각 중 하나를 구경한 것에 불과하지만, 글을 읽고 '대화를 시작하면' 내가 가진 사고체계의 틀이 뒤틀리고 그 균열로 인해 새로운 생각이 비집고 들어갈 틈이 생깁니다. 그 틈에 조각 하나가 들어가면, 그 조각에 맞닿은 지식을 시작으로 사고체계 전체가 영향을 받습니다. 다시 세워진 체계는 나의 행동을 바꿉니다. 행동은 결과를 바꾸고요. 아주 작은 지식 조각 하나이지만, 그것 하나로 인해 과거의 나와 현재의 나는 완전히 새로운 존재가 됩니다. 지금의 나는 껍데기는 같을지 몰라도, 과거와 전혀 다른 사람이 되는 것입니다. '대화'는 기존 체계를 무너뜨리는 역할을 합니다. 그래서 읽고 마는 것이 아니라, 읽고 대화해야 합니다.

대화는 '질문'으로 시작합니다. 좋은 지식을 듣고 읽어서는 균열을 일으킬 수 없습니다. 이제까지 해왔던 게 듣고 읽는 것이었잖아요. 그만 듣고 읽고, 앞으로는 질문해야 합니다. 우리는 백억에 도달하기 위한 지식과 지혜를 이미 갖고 있어요. 내 내면에 담겨 있는 그것들을 끄집어내는 역할을 '질문'이 할 겁니다. 질문은

267

누구에게 하나요? 질문은 만사만물을 대상으로 합니다. 나에게 묻고, 남에게 묻습니다. 지나가던 비둘기에게도 묻습니다. 나보다 뛰어난 지식과 지혜를 가진 사람에게 물어야 한다는 것이 가장 큰 착각이며, 두 번째로 큰 착각은 가까이 있는 사람에 관해서는 다 알기 때문에 안 물어도 된다는 것입니다. '질문' 다음으로 필요한 활동은 더 언급하지 않도록 하겠습니다. 묻는다는 것 자체가 너무나도 어려운 것이기에, 우선은 그것부터 함께 실천해 봐요.

우리는 '백억'이라는 목표를 설정하였습니다. 백억짜리 대화, 질문을 통해 백억이라는 실체가 있는 목표에 도전합니다. '난 무엇부터 시작해야 할까?' '정말 백억을 벌 수 있을까?'라는 질문들로 시작하면 됩니다. 백억에 도달하는 순간까지 끈질기게 물어야 합니다. 어쩌면 백억이라는 목표는 우리가 가지고 있는 기존 목표보다 크게 느껴질지도 모릅니다. 만약 그렇게 느낀다면 우선은 성공적입니다. 가능한 목표를 제시했다면 균열을 일으키지 못하니까요. 질문할 것이 없을지도 모르니까요. '내가 백억을?'이라는 질문을 스스로 던진다면, 거기서부터 우리의 '게임'

이 시작됩니다. 게임의 공간으로 입장하게 되는 것이죠. 그 게임의 공간에는 같은 목표를 지닌 사업가, 투자자들이 이미 플레이를 하고 있습니다. 플레이어들은 경쟁보다는 동료의 관점에서 함께 게임을 하게 됩니다. 게임의 규칙 때문입니다. 게임에서 얻을 수 있는 최대치가 설정되어 있기 때문입니다. 무한대로 자원을 늘릴 수 없습니다. 모든 자원을 얻은, 즉 목표치에 도달한 플레이어는 다음 게임으로 넘어갑니다. 그 게임은 다음 플레이어가 목표치에 도달할 수 있게 조력하는 것입니다.

기존에 게임은 한 명의 승자가 자원을 독식하고 다른 플레이어들이 파산하는 것입니다. 자본주의 시대에 적합한 게임의 규칙입니다. 자본주의의 관성이 만들어내는 결과라고 해도 좋을 것입니다. 누구나 '자본주의'라는 게임 안에서 플레이를 하면, 과거보다 더 많은 성과를 내지 않는 이상 게임을 끝낼 수 없습니다. 그 규칙 안에서 지칠 대로 지친 승자는 안 좋은 결말로 게임에서 빠져나오는 때도 있습니다. 우리는 게임 안에서 새로운 규칙을 만들었습니다. 두 개의 게임판이 준비되어 있습니다. 하나는 참여한 플레이어가 백억이라는 목표치에 도달하는 게임판,

다른 하나는 이미 백억에 도달한 플레이어들이 아직 목표치에 도달하지 못한 이들을 목표치로 끌어올리는 두 번째 게임판입니다. 무엇을 추구하는지도 모른 채 관성에 젖어 쌓기만 하는 개인의 삶은 가엾습니다. 우리는 그런 가여운 말년을 보내길 원치 않습니다. 두 개의 게임판을 연결함으로써 풍족한 삶을 누림과 동시에 삶에 가치와 재미를 지속할 수 있습니다. 목표를 이룬 이들은 목표를 이룸으로써 끝나지 않고 두 번째 게임판에서 여전히 플레이할 수 있기 때문입니다.

마지막으로 백억의 두 가지 의미를 이야기하고 글을 마무리합니다. 백억의 첫 번째 의미는 일억의 백배입니다. 말 그대로 일억을 백 개 만드는 물질적 목표입니다. 그 물질적 목표에 도달하는 과정에 삶의 여러 면을 배웁니다. 결코, 녹록지 않은 과정일 것이나, '정말 열심히 살아봤다'라는 경험을 줄 것입니다. 두 번째 의미는 '완성을 이루어 편안함'입니다. 정신적 목표입니다. 끝없이 물질을 추구하기보다 물질의 최대치를 정하고 그 최대치에 도달했으면 멈추는 것입니다. 멈춤으로 우리는 진정한 자유를 가집니다. 물질적 목표는 이루었지만, 어쩌면 그보다 더 바쁜 삶을 살지도 모릅니다. 우리를 찾는 후배들에게 지식과 지혜를 전달하고, 그들에게 투자해야 하기 때문입니다. 우리는 세상에서 일어나는 사건들을 일선에서 관찰할 기회를 얻고, 그 사건들에 참여할 수 있으며, 그것들로 인해 우리의 존재 이유가 더욱 강렬해질 것입니다. 정신과 육신이 소명이 다할 때까지 즐길 수 있는 게임판을 만들어뒀으니, 주사위를 굴려 보도록 합시다. 귀한 시간 내어 글 읽어 주셔서 감사합니다. 이제, 어떤 질문을 하실 건가요?

백억짜리 대화

초판인쇄   2022년 3월 7일
초판발행   2022년 3월 14일

엮은이   오상훈
발행인   조현수
펴낸곳   도서출판 프로방스
기획   조용재
마케팅   최관호 강상희
편집   권 표
디자인   호기심고양이

주소   경기도 고양시 일산동구 백석2동 1301-2
          넥스빌오피스텔 704호
전화   031-925-5366~7
팩스   031-925-5368
이메일   provence70@naver.com
등록번호   제2016-000126호
등록   2016년 06월 23일

정가 15,000원
ISBN 979-11-6480-180-0 03810